瑞智士記
Shiki MIZUCHI
画 遠坂あさぎ
3
JN250194
レベル0の魔王様、異世界で冒険者を始めます
古の竜を救うことにしました

〈ミラブーカ〉
〈ルテッサ〉
〈リッカ〉
〈イシュト〉

「お待たせ、イシュト」
《アイリス》

「イシュト……
シギュンの
旦那様……」
シギュン
鍛冶師を目指す
ハーフノームの少女

「わたしが、イシュトを奪ってあげる」

「かつては月をも
砕いてみせた俺だ。
雨雲を吹き散らすなど
造作もないはずだろう」

「消えろ」

CONTENTS

Level 0 Evil King
Become the Adventurer
in the New World

レベル０の魔王様、異世界で冒険者を始めます３

古の竜を救うことにしました

瑞智士記

GA文庫

カバー・口絵　本文イラスト

遠坂あさぎ

PROLOGUE

王都アリオスの景色も夏めいてきた。

六月の正式名称は「凱歌(がいか)の月」というらしい。象徴神は軍神レイオス。王都でも特に人気の高い神だというが、新参者のイシュトには、まだぴんと来ない。

かつては魔王として君臨していたイシュトが、不覚にも一敗地に塗(まみ)れ、この異世界に移り住んでから、そろそろ二ヶ月になる。

九死に一生を得たのは良かったものの、異世界では身元不明者として扱われ——やむを得ず冒険者稼業を始めたところ、持ち前の魔王スキルのおかげで連戦連勝。いまや期待の大型新人として、王都では名の知れた存在になってしまった。

ついには元魔王のイシュトを「勇者様！」と呼んで、賛美する者まで現れる始末。魔王を勇者呼ばわりとは、まったくもってけしからん話だ——。

……そんなことを考えつつ、イシュトは中央広場の時計台前で、たたずんでいた。

この場所は、待ち合わせのスポットとして有名らしい。周囲には様々な種族の若者たちが居並んで、約束した相手を待ち受けている。

イシュトもまた、例外ではなかった。

そう、デートの相手を待っている最中なのだ。

その相手とは――アイリスフラウ・リゼルヴァイン。

冒険者ギルド王都支部に所属する冒険者のなかでも、特に有名な一人である。イシュトがこの異世界に流れ着いて以来、なにかと縁のある女騎士であった。

そのアイリスが、イシュトに「一日デート券」を手渡すという奇行に及んだのが、ちょうど一週間前のことである。

これには深いわけがあった――。


先日のことだ。

アイリスを含む銀狼騎士団が、魔女の迷宮〈グラキオス〉で予想外の危機に陥った。そこにチーム・イシュトが駆けつけ、窮地を救ったのである。

本来ならば、冒険者ギルドからたっぷりと成功報酬をもらっていたはずなのだが……あの悪戯好きなベルダライン支部長のせいで、報酬が「アイリスとの一日デート券」に化けてしまった。

「うーむ。アイリスとのデートか……」

アイリスの容姿を思い描く。

イシュトの生まれ故郷では、まず見かけなかったタイプだ。清純で、凛(りん)として、気品もある。冒険者業界で有名なのはもちろんのこと、民からも絶大な支持を得ている。

イシュトも健康な男子であるがゆえに、自然と心が弾んでしまうのは致し方ない。

「……それにしても、待つのは慣れんな。戦時中に敵軍を待ち伏せしたことなら何度もあったが。そもそも同じホームを拠点にしているのだから、わざわざ広場で待ち合わせをする必要なんてないだろうに」

そう、チーム・イシュトも銀狼騎士団も、活動拠点は宿酒場(やどさかば)〈魔王城〉なのだ。

いちいち街のど真ん中で待ち合わせをする必要性など、まったく感じられないのだが……なぜか周囲の意見に押し切られたのである。

なにげなく広場の時計塔を見あげると、約束の時間まで、まだ二十分は残されていた。

さすがに、早く来すぎたような気がする。これではまるで、自分がアイリスとのデートを心待ちにしていたようではないか……などと考えていると、熱い視線を感じた気がした。

「むっ？」

思わず警戒心を募らせて、周囲に鋭く視線を巡らせてみたが……特に怪しい人物は見あたらない。幸せそうなカップルや家族連ればかり。

「気のせいか？」

アイリスとのデートを目前に控え、柄にもなく緊張しているのだろうか。

少しばかり浮かれているのかもしれない。

――そうだ。一敗地に塗れたとはいえ、俺は魔王だ。たかがデートごときで緊張してどうする。もっと毅然としていなければ……。

と、自戒するイシュトであった。


そんなイシュトを、やや離れた位置から見つめる目があった。

イシュトとパーティーを組んでいるリッカとミラブーカだ。加えて、銀狼騎士団の一員であるルテッサの姿もあった。

イシュトとアイリスのデートが気になってしかたがないので、わざわざ三人で臨時パーティーを結成し、こうして出張ってきたのだった。

猟師であるルテッサは、「潜伏」という名のアビリティを獲得している。おかげで、リッカたちの存在はイシュトに気づかれていない。「潜伏」とは、自分と同行者の気配を完全に消す効果があるそうだ。

とはいえ、先ほどイシュトがこちらを気にするようなそぶりを見せたので、ルテッサは動揺した様子を見せた。

「……ふう。なんとかバレずにすんだけど、さすがはイシュトやで。危うく尾行に気づかれるとこやったわ」

胸を撫でおろしつつ、つぶやくルテッサ。

「ところで……どうして、わざわざ広場で待ち合わせをするんでしょうか？」

屋台の陰に隠れつつ、リッカは疑問を口にした。

イシュトとアイリスは、同じ宿酒場をホームにしている。いちいち広場で待ち合わせる理由が、いまいち理解できなかったのだ。

「そんなの決まってるじゃないですか！ そのほうがデートらしいですし、ドキドキのレベルがちがいますよっ！」

「そうそう、ミラちゃんの言う通りやで！ いくらホームが同じやからって、〈魔王城〉の玄関先で待ち合わせとか、風情がなさすぎるやろ！」

ミラブーカとルテッサが怒濤のごとくまくし立てたので、リッカはたじたじとなった。

この二人、まだ知り合って間もないというのに、この臨時クエストを進めている間に、すっかり意気投合したようである。

そのときだった。

「——お待たせ、イシュト」

やや恥じらいを含んだ、その初々しい声音に、リッカたちは素早く反応した。

「おっ、アイリスちゃんが来たで」

ルテッサが小声で告げ、一段と頭を低くした。先ほどまでとは打って変わって、茂みの奥にひそむ猟師の目になっている。

リッカとミラブーカも固唾を呑んで、中央広場の一角――時計台の前に視線を向けた。

広場に現れたアイリスの出で立ちを目の当たりにしたリッカは、ハッと息を呑んだ。

遠目ながらも、アイリスの存在感は際だっている。その、ほっそりとした全身から、白銀の輝きがあふれているかのようだ。

「ふわあ、今日のアイリスさん……一段と綺麗です」

リッカは手放しで褒めたたえた。

「なんだかもう、きらっきらじゃないですか！　まぶしすぎますよ！」

ミラブーカも、すっかりアイリスに見とれながら、賛辞の言葉を惜しまない。

「いや～。うちがコーディネートしたった甲斐があったわ！　アイリスちゃんって、ああ見えてファッションには疎いからな～」

一方、ルテッサは得意満面である。

かくして、女子三人が見守るなか――

イシュトとアイリスの一日デートが幕を開けた。

QUEST 1 「おっ……俺も、いま来たところだ」

1

「お待たせ、イシュト。遅れてごめんね」

もう耳になじんだはずの声なのに。

今朝に限っては、まるで別人の声のように聞こえた。

百戦錬磨の少女騎士とは、とても思えない。

まさしく、人生で初めてのデートをするために現れた、純情可憐な少女であった。

「……！」

目の前に現れたアイリスを見て、イシュトは思わず目をみはった。

なにをいうべきか、とっさに言葉が思い浮かばなかったが——そのとき、事前にミラブーカから叩きこまれた定型文が脳裡をよぎった。

「おっ……俺も、いま来たところだ」

たったこれだけの言葉を絞りだすのが、妙に大変だった。

もちろん、理由はわかっている。

今日のアイリスときたら、あまりにも可愛い。可愛すぎる。

冒険者としての姿も凛として美しいけれど、美しさの方向性がちがう。

いまのアイリスは、どこから見ても良家のお嬢様だ。

夏用のワンピースは純白で、レースの装飾が可愛らしい。侵しがたい気品に充ち満ちている。

なんというか、魔王イシュトでさえ、思わず脅威をおぼえてしまったほどに、神聖な感じがするのだ。

「うそ。シロンから聞いたよ」

と、なぜだかアイリスが微笑んだ。珍しく、悪戯っぽい笑い方だった。

「イシュトが〈魔王城〉を出たのって、わたしが出るより三十分も早かったって」

「ぐぬっ！　シロンめ、余計なことを……まあ、バレてしまったならしかたがない。こうして広場に立ち、王都の人々を観察しているのも悪くなかったぞ」

「炎の巨人がこの街を襲ったとき、イシュトが守った人々だね」

アイリスの言葉に、イシュトはかぶりを振った。

「いいや、それはちがうな。まちがっているぞ、アイリス」

「……？」

「俺が、ではない。俺たちが救ったのだ」

「イシュト……」

「それでは、街に繰りだすとするか」

イシュトが歩きだそうとしたそのとき、

「あ、待って」

アイリスが遠慮がちに声をかけてきた。

「どうした？」

イシュトは肩越しに振り返った。

「えっとね……その……」

アイリスはもじもじとしながら、しばらく迷っていた様子だったが、やがて意を決したように口を開いた。

「ルテッサが、こんなことをいってたの。デートするなら、ちゃんと手をつながないとダメだって……」

「なっ、なんだと⁉」

「だからね、イシュトがイヤじゃなければ……その……」

おずおずと手を差しだすアイリス。

見ていて可哀相（かわいそう）なほど真っ赤になっている。

「そ、そういうものか。ならば遠慮なく……」

イシュトは緊張をおぼえつつ、アイリスの手を握った。

騎士の手とは思えないほど小さく、柔らかく、そして温かい……。

――ううむ。考えてみれば、俺の実年齢は三十歳……たしかアイリスは十五歳だから、まだ俺の半分しか生きていないのだな。なにやら犯罪臭い気もしてきたが……いまの俺は十八歳として登録しているし、見た目も若い。なにも問題あるまい。

そんなことを考えつつ、まずは商店街を目指した。

当然ながら、アイリスは通行人たちの視線を集めている。

冒険者としての姿とは、あまりに懸け離れているせいだろうか、この少女が有名な白騎士(ロスヴァイセ)だと気づいている者はいないようだ。もし気づかれたなら、広場は大騒ぎになるだろう。

これならば、軍隊を指揮したり、荒野でモンスターを狩ったりするほうが、よほど気楽だな……と、イシュトは思った。

まだ腹は空いていないので、まずは洋服店や雑貨店を覗(のぞ)いたりして過ごした。

やがて教会の鐘が盛大に鳴り響き、正午を告げた頃、中央広場では吟遊詩人(ぎんゆうしじん)の演奏会が始まっていた。

エルフの美女が竪琴(たてごと)を奏でつつ、朗々と歌いあげる様子に、多くの者が足を止めて聴き入っている。

　この王都アリオスで
　知らぬ者はいないだろう
　白銀の乙女にして　聖なる戦士
　誉れ高き白騎士
　滝のように流れ落ちる銀髪に　紫水晶の瞳
　その名は
　アイリスフラウ・リゼルヴァイン
　見よ　聖剣ミストルティンの輝きを……

　その歌いだしを耳にしたとたん、アイリスは赤面してしまった。

　アイリスと、その仲間たちが繰り広げた冒険を、吟遊詩人は活き活きと弾き語っている。

　アイリスの勇姿が目の前に立ち現れたかのようだった。

「大活躍だな、アイリス」

　イシュトがそっと耳打ちすると、

「……意地悪。悪い気はしないけど、正直、恥ずかしい」

アイリスは赤面しながら、うつむいてしまった。

その横顔の初々しさに、イシュトは思わずドキリとさせられてしまう。

……ようやくアイリスを讃える歌が終わると、広場は万雷の拍手に包まれた。

やがて拍手喝采が収まり、新たな演目が始まる。

王都アリオスに　彗星のごとく舞い降りた
謎めいた新人冒険者
その名は　イシュヴァルト・アースレイ……

「なっ⁉」

これには意表を突かれ、イシュトはあんぐりと口を開いてしまった。

「すごいね、イシュト。もう吟遊詩人に歌われるなんて……」

と、アイリスがつぶやいた。その表情から察するに、決して嫌味ではなく、心の底から感嘆しているように見えた。

「そんなに珍しいことなのか？」

「うん。前代未聞だよ」

「そう聞くと悪い気はしないが……なんというか、背中がこそばゆくてたまらんな。正直、いますぐにでも撤退したい気分だ。行くぞ、アイリス」

「ずるいよ、イシュト。ちゃんと最後まで聴かなくちゃ」

先ほどのお返しとばかりに、アイリスは微笑を浮かべた。

2

「ふう……まったく、あの吟遊詩人め。歌詞の大半がでたらめだったぞ」

屋台がずらりと軒を連ねる通りを歩きつつ、イシュトは愚痴（ぐち）をこぼした。

「吟遊詩人は、お客さんを一人でも多く集めたいと思ってるから、どうしても実話を誇張したり、作り話を交えたりするんだよ」

「アイリスの気持ちが、少しは理解できた。あんなふうに歌われるのは、まっぴらごめんだ。ところで、そろそろ昼飯の時間だな。そこらへんの店に入ってみるか?」

一応、ある程度の下調べはしておいたので、昼食を取るためのレストランなら、いくつか心当たりはあった。

「このあたりは屋台も多いし、食べながら歩くのはどうかな?」

「それも一興だな。では行くとするか」

イシュトはアイリスと肩を並べて、屋台巡りを始めた。

ちょうど昼時なので、路上は客たちでごった返している。油断すると、人ごみに流されてしまいそうだった。

アイリスとはぐれてしまわないよう、気をつけねば……と、イシュトは自分自身にいい聞かせた。さりげなく、アイリスとつないだ手に力をこめる。

「…………」

と、イシュトに呼応するかのように、アイリスもぎゅっと握り返してきた。

その瞬間、イシュトはしみじみと思った。

――生きてて良かった……！

やがてイシュトとアイリスは、とりわけ客が多く集まっている一角に足を踏み入れた。

そのとたん、なんとも食欲を刺激する香りが漂ってきた。いや、まるで轟然（ごうぜん）と吹きつけてきたかのようだった。

鉄板や網の上で肉塊がジュッと音をたてて焼ける匂いに加え、多種多様な香辛料がムワッと匂い立つ。イシュトの知らない、異国情緒のあふれる香りも含まれていた。

王都アリオスの商店街といえば、大陸随一の規模を誇るという。実際、郷土料理から外国料理に至るまで、屋台の種類は千差万別。ついつい目移りしてしまうのだった。

焼きたての総菜パン各種。鹿や猪（いのしし）、雉（きじ）などの肉を使った串焼き。まん丸な肉饅頭（まんじゅう）。小魚のフライ。豆菓子。クリームたっぷりの焼き菓子。季節の果物。多種多様なドリンク類……。

「ううむ。これは辛抱たまらんな。まずは串焼きでも注文するか」

「うん。わたしもお肉は好きだよ」

「では、いざ出陣といくか！」

「大袈裟(おおげさ)だよ、イシュト」

くすっと、微笑(ほほえ)むアイリス。

「そうでもないぞ。食事とは〝生〟の喜びに直結する営(いとな)みだからな。いつだって真剣勝負でなくてはならん。……ん？　どうした、人の顔をじっと見たりして」

「あ、えっと……いまのイシュトって、なんだか大人っぽく感じられたから。ちょっと、びっくりしたっていうか。でも、いってることは、とても納得できたよ」

「そ、そうか」

実年齢＝三十歳のイシュトは少々焦ったが、別にドン引きされたわけではなさそうだったので、ホッとした。

3

澄みわたる夏空のもと、王都の商店街は、ますます活気を帯びつつあった。

熱々の肉汁がしたたる串焼きを頰張りつつ、イシュトはアイリスと一緒に食べ歩きを満喫している。

「そういえば、魔女ダーシャの件だけど」

と、アイリスが思い出したように切りだした。

——魔女ダーシャ。

先日、アイリスたち銀狼騎士団を罠にはめ、窮地に追いこんだ魔女である。しかも、彼女はアイリスたちの前で、例の巨人襲撃事件に関与したことを、悪びれもせずに認めたという。

その目的は一切不明だが、なにやら悪巧みをしているのは、まちがいないだろう。

イシュト自身も、そのダーシャとやらと、一度だけ遭遇している。

もっとも、あのときのダーシャは召喚士マリーダに化けていた。もはや変装といったレベルではなく、魔法の力で変身していたらしい。つまり、イシュト自身は、まだダーシャの素顔を見たことがないのだった。

気がかりなのは、あの数秒間の遭遇において、ダーシャがイシュトを「魔王様」と呼んだことだ。あの念話を、イシュトはいまでもはっきりと記憶している。

どうやら、ダーシャはイシュトに対し、なんらかの企みを抱いているらしい。

いずれ真意を問い質した上で、働いた悪事の分だけは、しっかりとお仕置きしてやろうと思う。

「なにか進展があったのか?」

「特に目新しい情報はないみたい。相変わらず、近衛騎士団や冒険者ギルドが調査をつづけているんだけどね」

「ふむ。それほど大がかりな調査が行われているにもかかわらず、尻尾をつかませんとはな……魔女ダーシャとやら、なかなかの人物らしいな」

「だね。たぶん、近衛騎士団や冒険者ギルドがどれだけがんばっても、成果はあがらないと思う。可能性があるとすれば、ゲルダかな。独自に調査を始めてるし」

「ほう。あのチビッ子がな……」

まだ幼女といっても通用する、小さな魔道士の姿が、脳裡に浮かんだ。

「最近のゲルダはね、ずっと王立図書館に入り浸って、いろいろと調べているみたい。真偽は不明だけど、ダーシャは自分を〝魔女ブリガンの娘〟だって断言したの。でもね、ブリガンと面識のあったゲルダがいうには、ブリガンに娘なんているはずがないんだって。だとしたら、ダーシャと名乗る魔女は何者なのか……わけがわからない」

「ふむ。この異世界――いや、この国にも、いろいろと複雑な事情があるみたいだな」

――魔女ブリガン。

異世界からやってきたイシュトにとっては、未知の存在である。

一応、この異世界で目覚めてすぐ、〝暴虐の怒石竜〟の二つ名を持つ大型竜――ベルグントの死体を利用して、脳内に『異世界百科(リザレグ＝ガイナ)』を構築したイシュトだったが、魔女ブリガンに関する記述はわずかだった。

魔女の一人であり、世界各地で様々な〝悪戯〟を試みたという。

生没年は不詳だが、すでに故人だそうだ。かれこれ三百年以上のときを生き延びたという話もある。

なお、イシュトは「魔女」についても調べてみた。『異世界百科』の該当項目には、こう記されていた。


——容姿はヒューマン系、あるいは亜人系の女性であることが多い。生まれつき、なんらかの異能を備えている。個体によって、発現する異能は多種多様である。また、寿命が異様に長いのも魔女の特徴であり、過去には三百歳超の魔女も確認されている。


ふと、イシュトは疑問を口にした。

「そういえば……いまさらだが、ゲルダも魔女なのか？　あいつと対面していると、どうにも居心地が悪いというか、なにやら底の知れない感じを受けてしまうのでな。まさしく、あいつを一言で表現する言葉があるとすれば『魔女』以外にあり得ない。いってしまえば、あいつからは人外の匂いがするのだ……いや、決してアイリスの仲間を悪くいうつもりはないのだが」

「それがわかるなんて、やっぱりイシュトはただ者じゃないね」

アイリスは感嘆の表情を見せた。

「そうか？」

「うん。質問の答えだけど、イシュトの推測は正しいよ。たしかに、ゲルダは魔女。だけど、これ以上は秘密。もっと知りたければ、イシュト自身がゲルダに尋ねるべき。わたしの口から伝えるのは、ちがうと思うから」

「たしかに、そうだな。もっとも、あのゲルダが素直に教えてくれるとも思えんが……」

「それはいえてる。でもね、ゲルダは決して悪い人じゃないし、仲良くなれば、きっと心を開いてくれるよ。それだけは、わたしが保証する」

「アイリスの保証なら、安心だな。いまさらだが、お前が俺の後見人になってくれたおかげで、面倒くさい書類手続きがすべてスムーズに進んだ。感謝しているぞ、アイリス」

「ど、どういたしまして……」

照れ隠しのためか、アイリスは素っ気なく応えると、先ほど買ったばかりのクレープをぱくりと頬張った。

屋台巡りも一段落がついた。イシュトとアイリスは満腹を抱えつつ、たまたま通りがかった公園のベンチで一休みすることにした。

ところが、この公園が問題だった。

園内の各所に設置されたベンチに陣取っているのは、若いカップルばかり。しかも、公衆の面前だというのに、抱き合ったり、キスを交わしている。

——ううむ、どいつもこいつも盛りおって。どうやら、立ち寄る場所をまちがえたらしいな。この公園は……いろんな意味で上級者向けのようだ。

そんなことを考えつつ、さりげなくアイリスの横顔をうかがってみると——案の定、頬に朱を散らしていた。うぶな乙女には、刺激が強すぎたようである。

「すまんな、アイリス。妙な公園に入りこんでしまったようだ」

「わたしも、この公園に入ったのは初めてなんだけど……たしか、入口にアルテミシア公園って書いてあった気がする」

「アルテミシアか。どこかで聞いた名だな」

「美神アルテミシア。アルカディス十二神の一柱で、愛と美の女神だよ」

アルカディス十二神といえば、この世界で最も有名な神々である。

「なるほど、道理で聞いたことがあるはずだ。愛と美の女神なら、白昼堂々、恋人同士がいちゃつくのも許されるというわけか」

「たぶん、そうだと思う……」

「しかし、アイリス。王都に住んでいながら、そんなことも知らなかったのか？」

「ううっ。たぶん……ランツェがわたしの教育に悪いと判断して、この地区に関わるようなクエストは回避したんだと思う」

「意外に過保護だな」

「そうかも」

「周囲が気になるなら、他の休憩場所を探すか？」

「ううん……大丈夫。少し、おどろいただけだから。わたし、恋愛方面には疎くて……そういうの、まだよくわからないの」

「無理に背伸びをする必要はない。冒険をしているときのアイリスは、活き活きとして輝いている。いまはまだ、それでよいではないか。人生において、夢中になれるものが一つでもあれば、それは幸せなことだぞ」

「うん、そうだよね。ありがと、イシュト」

「う……うむ」

アイリスが見せた照れ顔に、イシュトは思わず見とれてしまった。

4

「いや～。イシュトのやつ、こんなエロい公園にアイリスちゃんを連れこむやなんて！　ええぞ、もっとやれ〜！」

公園の一角。植木の陰に潜伏しつつ、ルテッサはハイテンションになっている。決して酒を飲んだわけではないし、怪しい薬を使ったわけでもない。あくまでも素面(しらふ)である。

「ちょっ、ルテッサさん⁉　あんまり興奮すると見つかっちゃいますよ！」

そんなルテッサの様子を見て、リッカは冷や汗をかいている。

「まったくもう！　そりゃあ、この公園の雰囲気がけしからんのは事実ですが、落ち着いてください！　潜伏のスキル、ちゃんと効いてますよね⁉」

ミラブーカも戦々恐々としながら、ルテッサを叱咤(しった)した。とはいえ、ルテッサが興奮するのもわかる気がする。

――アルテミシア公園。

一見、落ち着いた雰囲気の、綺麗な公園だ。

青葉が生い茂る植木は丁寧に手入れされている。花壇には夏の花々が咲き乱れている。小さな池の水面は、きらきらと真昼の陽射しを照り返している。あちこちに二人掛けのベンチが設置されているのも気が利いている。

いかにもデートにぴったりだと思われたのだが……いざイシュトたちを追って、奥のほうへ進んでみると――ちょっと刺激が強すぎた。

利用客は若いカップルばかり。しかも、ベンチや木陰では、かなり大胆な振る舞いに及んでいる。

ミラブーカは、自分の顔が火照っているのを自覚した。あんな破廉恥な光景を見せられては、恥ずかしくてしかたがない。

ちらりとリッカの横顔をうかがってみると、もはや全身から湯気が立ちのぼりそうなくらい、真っ赤になって立ち尽くしていた。ミラブーカ以上に衝撃を受けた様子である。

ここは一時撤退したほうがよいのでは？　とも思ったが、ルテッサが動こうとしないので、勝手に立ち去るわけにもいかない。

はたして、イシュトとアイリスはどこまで進んでしまうのか――。

5

当初は、周囲でイチャイチャしているカップルたちを意識してしまったイシュトとアイリスだが、しばらく会話を交わしているうちに、多少は慣れた。もちろん、長居するような場所ではないし、そろそろ食後の休憩を終えてもいい頃合いだろう。

「どこか行きたいところはあるか？」

「ええと……イシュトの行きたいところでいいよ」

アイリスはもじもじとしながら、遠慮がちに答えた。

「なんだ、てっきり武器屋や防具屋に行きたいのかと思っていたのだがな」

根っからの冒険者であるアイリスは、武器屋や防具屋といった店が大好きなはずなのに、今日は一言も口にしなかった。変に遠慮しているのは明らかだった。商店街を歩いていたときも、武器や防具が目に入るたびに、アイリスはそわそわしていたのである。

「ううっ。行きたいのは山々だけど、ルテッサからアドバイスを受けてるし……」

「またルテッサか。なにをいわれたのだ?」

「今日のわたしは冒険者じゃなくて、ごく普通の女の子だから、デート中に武器や防具を見るのは無粋(ぶすい)だって……」

「まったく、あのエルフ娘にも困ったものだな。いっておくが、俺は器の大きな男だ。他人の趣味をとやかくいったりはせんから安心しろ」

「じゃあ、付き合ってくれる?」

「むろんだ」

イシュトは大真面目(まじめ)に答えると、立ちあがった。


アイリスが嬉々(きき)として案内したのは、高級店が軒を連ねる大通りだった。以前、アイリスがイシュトを連れてきた地域でもある。

客層が貴族や富裕層、そして上級冒険者に限られるので、チーム・イシュトの面々がこの通りで買い物をする機会は、まずない。

アイリスが最初に入店したのは、顔なじみの武器屋〈軍神の凱歌〉だった。

「いらっしゃいませー！」

イシュトとアイリスが入店するなり、看板娘のカーリンが元気一杯に迎えてくれた。

カーリンは黒猫系の獣人族（セリアンスロウプ）だ。本人の趣味らしく、今日もメイド服のような衣装を華麗に着こなしている。

「ふわあっ！　アイリスさん！　今日はまた、一段とおめかしして……！」

案の定、カーリンはアイリスの私服姿を手放しで褒めたたえると、

「お二人とも、すっかり恋人同士って感じですね！　わずか二ヶ月の間に、ここまで進展するなんて……今日のアイリスさんってば、まさしく恋する乙女って感じですよ！」

「そっ、そんなことをいわれても、わからないし……」

アイリスはただただ困惑している。

「もうね、一目見てぴんと来ましたから！　ぶっちゃけ、どこまで進んだんです？」

「どっ、どこまでって……！」

両手で顔を覆い隠して、挙動不審に陥ってしまうアイリス。カーリンが無遠慮な女子トークを始めたせいで、羞恥心が極限に達してしまったのだろう。

「あっ、そうそう！　アイリスさんの顔を見たら、思い出しました！　お預かりしている聖剣

ミストルティンですけど、もう少し手入れに時間がかかりそうでして」

　と、カーリンは急に話題を変えた。

「急ぎじゃないから、遅れても問題ないよ。ランツェの怪我が完治するまでは、冒険する予定もないし」

「それでは、納期についてですけど——」

　しばらくの間、カーリンは真面目に仕事の話をしていたのだが、それが終わるやいなや、イシュトに興味津々の目を向けてきた。

「いや〜、イシュトさん！　しばらく見ないうちに、すっかり有名人じゃないですか！　いまや銀狼騎士団を救出した勇者様として、街中で噂（うわさ）になっていますよ！」

「頼むから、勇者と呼ぶのはやめろ」

「ええっ⁉　どうしてです？　勇者と呼ばれて喜ばない冒険者がいるなんて！」

　よほど根が素直なのか、カーリンは本気でふしぎがっている。まあ、無理もない。かつてのイシュトが魔王であり、勇者は天敵だったことなど、想像できるはずもないのだ。

「あっ、そうだ！」

　と、カーリンはポンと両手を打ち鳴らした。

「イシュトさんが欲しがっていた、例の武器についてですけど」

「なんのことだ？」

イシュトは真顔で返した。

「ちょっ、忘れたんですか⁉　ほら、イシュトさんの体質でも使える武器のことですよ。魔鉄鉱とか、イースト・シミターとか、お話ししたじゃないですか！」

「おっ、そうであった」

この異世界に漂着して間もなく、一般的な刀剣類では、イシュトの体質に合わないことが判明した。攻撃の際、イシュトが無意識に放出してしまう魔力に耐えきれないのである。

だが、魔鉄鉱と呼ばれるレアメタルを素材とする刀剣であれば、イシュトの魔力に耐えられるらしい。また、イシュトが前世で愛用していた剣は、この世界における「イースト・シミター」に似ているという。ただし、製造するには独自技術が必要だそうで、かなり敷居が高いとも聞いた。

「実はですね。あたしなりに、いろいろと調べてみたんですよ」

「それは大儀であった。なにかわかったか？」

「はい！　実はですね、魔鉄鉱の扱いに最も長けているのは、妖精族の一種――ノームの鍛冶師なんです。実際、過去にイースト・シミターを打った職人というのは、ノームばかりだそうですよ」

「妖精族のノームだな。おぼえておこう」

「ああ、それとですね。イースト・シミターを含めて、装備者の魔力に感応するタイプの剣は、すべて魔剣に分類されます。これ、豆知識です！」

「魔剣とな？　なにやら胸をくすぐられる響きではないか」

　イシュトは少年のように胸を躍らせた。

「つまり、ノームの鍛冶師に依頼すれば、俺でも装備可能な魔剣を打ってくれる——という
わけだな？」

「それがですね……」

　と、カーリンが急に表情を曇らせた。

「どうした？」

「昨今、ノームの里は大きな危機を迎えているらしく——」

「あ、その話なら聞いたことがあるよ」

　と、アイリスが口を開いた。

「ノーム族の伝統工芸である鍛冶技術の継承者を目指す若者が、激減してるとか……」

「アイリスさんのいう通りです。かれこれ半世紀ほどの間に、ノームの若者たちの間では、地
道な修行が必要となる鍛冶職人よりも、都会で手っ取り早く稼げる職業に人気が集まっていま
して。里を抜ける若者が続出しているんです」

「となれば、ノーム族で現役の職人は少ないということか？」

「いえ。少ないというか……もはや一人もいないと聞いています」

カーリンは率直に答えた。

「なんと。難儀な話だな」

「お力になれなくて、申し訳ないです」

「いや、そこまで調べあげただけでも、称賛に値する。礼をいうぞ、カーリン」

「いえいえ。武器屋の店員として、当たり前のことをしただけですから」

カーリンは大真面目に答えたが、褒められたのがよほど嬉しかったのか、腰から生えた尻尾を左右にぴょこぴょこと振っている。

「ふむ……まあ良い。難易度が高ければ高いほど、念願の武器を手に入れたときの喜びは格別なものとなるだろう――」

その後も武器談義に花を咲かせたのち、イシュトとアイリスは店を辞した。

次にアイリスが行きたがった店は、当然のごとく防具屋であった。

6

アイリスが嬉々として案内した防具屋とは、〈龍神の鱗(うろこ)〉だった。

「……らっしゃい」

無愛想な声で告げたのは、見るからに頑固そうな老店主――名前は、たしかドモンだったな……と、イシュトは思い出した。

「ん？　これまた可愛らしいお客さんだな。いっておくが、うちの顧客は百戦錬磨の猛者ばかり——」

「わたしだよ、ドモン。どうしてわからないの？」

アイリスが歩み寄ったとたん、ドモンは目を丸くした。

「なっ！　なんだ、アイリス嬢ちゃんだったのか！　これは失礼！　いやあ、貴族のお嬢様かと思っちまった！」

「そ、そうかな……？」

アイリスは恥ずかしそうにうつむいた。

「俺もいるぞ、ドモン」

イシュトが声をかけると、ドモンは卒倒せんばかりにおどろいた。

「なっ⁉　あのアイリス嬢ちゃんが男連れだと！　貴様、何者だ！」

「懐かしいな、その反応。まさか、もう俺の顔を忘れたのか？」

「おおっ、いわれてみれば！　その顔、たしかにおぼえているぞ！　そうだ、アイリス嬢ちゃんが後見人を務めているっていう新人の——リヒトだ！」

「イシュトだ！　その程度の記憶力で、よくぞ客商売ができるものだな」

「がっはっは！　そうだそうだ、イシュトだった。ああ、思い出したとも。防具の要らない特殊スキルの獲得者……ったく、防具屋の天敵じゃねぇか！」

「まあ、否定はしないが」

「頼むから、そのスキルを王都の冒険者たちに伝授するんじゃねぇぞ？　マジで商売上がったりになっちまう！」

「問題ない。俺のユニーク・スキルだ。世界広しといえども、真似をできるやつはいないだろう」

「そいつを聞いて安心したぜ。ま、アイリス嬢ちゃんの連れなら、拒む理由はない。お前には不要な商品ばかりだろうが、好きに見てってくれ」

「ああ、そうさせてもらう」

「それと、アイリス嬢ちゃん。先日、依頼を受けた修理の件だがな、もう少し待ってもらえるか？」

「あ、うん。急ぐ必要はないから」

聖剣につづいて、防具の修理にも時間がかかるようである。

「きっちり直すから安心してくれ。しっかし、かなり派手にやられたみたいだな。あの胸甲の壊れ具合を見たときは、ひやりとしたぜ。よくぞ無事だったもんだ」

「チーム・イシュトが来てくれたおかげで、命を拾ったんだよ。もっと修行して、強くならなくちゃね」

「ああ、その噂なら聞いたぜ。まったく、とんでもない新人だなあ！　そうだ、嬢ちゃん。どうせなら修理のついでに、補強パーツを――」

アイリスとドモンが仕事の話を始めたので、邪魔をするのも野暮だろうと思ったイシュトは、ぶらぶらと店内を眺めて回った。

……と、店内の一角に、見覚えのある剣が展示されていることに気がついた。

ここは防具屋なので、その剣は明らかに異彩を放っている。しかも、刀身のちょうど真ん中あたりで、見事に折れているのだ。

「この剣は、たしか……」

すっかり忘れていた記憶が、みるみるうちに蘇（よみがえ）った。

以前、アイリスと二人で、初めてこの店を訪れたときのことだ。

アイリスの提案で、イシュトの防御スキルを発展させるべく、実験をすることになった。その際、ドモンが貸してくれたのが、目の前に展示されている剣だ。

実験は無事に成功したものの、この剣は真っ二つに折れてしまった。

ドモンの説明によれば、客の誰かが置き忘れていった剣らしい。展示の脇には、

　この剣の持ち主を探しています。心当たりのある方は店主に声をかけてください。

保管中に壊れてしまった件については、店主から説明します。

という貼り紙があった。

「おい、ドモン。この剣、まだ持ち主は見つからんのか？」

イシュトは尋ねてみた。

「ああ、そうなんだ。なかなかの業物に見えるから、すぐに持ち主が名のりでると思っていたんだがなあ」

「ふむ……」

「そういえば、製作者の手がかりになる刻印が一切見あたらんのも気になるな。普通なら、工房か製作者の名前がわかるよう、なんらかの印を刻むもんだが」

「つまり、どういうことだ？」

「おそらく、無名ながらも腕のある鍛冶師が、プライベートで打った剣なのだろうさ」

ドモンが肩をすくめたそのときだった。

からん……とドアベルの音が響いたかと思うと、新たな客が入ってきたのである。

戸口に現れたのは——幻想的な美しさを感じさせる少女だった。

一目で戦士系の冒険者だとわかる格好をしている。

深みを感じさせる、蒼銀（そうぎん）色の髪が目を引いた。部分的に三つ編みに結っており、異国情緒を感じさせる髪飾りを装着している。

まっすぐに切りそろえた前髪と、つぶらな瞳が、あどけない印象を与える。だが、その童顔とは対照的に、身体は見事に発育していた。年の頃は十八くらいだろうか。

すらりとした身体に、しなやかに伸びた手足が美しい。特に胸のふくらみときたら……男どもの視線を集めずにはおかないだろう。

ましてや、異国風の戦闘衣装は露出度が高く、腹部を惜しげもなくさらしている。可愛らしい臍のくぼみが、妙に目を引いた。

意外なのは、彼女の武器だ。

巨大な戦鎚である。

イシュトでさえ、思わず目をみはったほどだ。

大の男でも、あれを意のままに振り回せる者は一握りしかいないだろう。その造形も見事で、相当の業物だと見受けられた。

もっとも、戦鎚だけは立派だが、防具は初心者向けだ。ドラゴンはいうまでもなく、小型モンスターの攻撃ですら防ぎきれるかどうか。

なんともアンバランスな装備だな……とイシュトはふしぎに思った。

それにしても、気がかりなことがあった。〈竜神の鱗〉ほどの高級店に足を踏み入れておきながら、彼女は堂々と食事をしているのだ。蒸かした芋にバターの塊を載せた料理を、さも美味しそうに囓っている。王都の子どもたちが大好きだという、「アリオス風じゃがバター」である。

あんなマナー違反を、頑固一徹なドモンが黙って見ているはずがない。癇癪を起こしかねんぞ——と思い、イシュトはドモンの横顔をうかがってみたのだが、

「ちっ……エロい身体をしてやがるぜ。なんてけしからん……」

予想に反し、ドモンは鼻の下を伸ばしていた。まるで魅惑効果のある黒魔法を食らったかのように、骨抜きにされてしまっている。無骨な店主の威厳も、こうなっては形無しだ。

蒼い髪の少女は、ドモンの無遠慮な視線など意にも介さず、しばらく店内をうろついていたが、急にイシュトの脇で足を止めた。バターの芳香が、ふわりと漂ってきた。

もっとも、少女はイシュトに気を留めたのではなかった。あくまでも、「折れた剣」の展示を食い入るように見つめているのだ。

やがて、少女がぽつんとつぶやいた。

「やっと……見つけた」

声質こそ小鳥のように可憐だが、ぼそぼそとして、聞き取りにくい口調だった。

「まさか……！」

と、ドモンが少女のそばに駆け寄った。

「お嬢ちゃん！　ひょっとして、その剣に心当たりがあるのか？」

次の瞬間、少女の手が無造作に伸びて、ドモンの襟首をむんずと捕まえた。

「ひえっ⁉」

たちまち、ドモンは情けない悲鳴をあげてしまう。

「なっ、なにしやがる⁉」

うろたえるドモン。大男のくせに、すっかり怯(おび)えている。少女の腕力に圧倒されてしまったようだ。

少女は無表情を保ったまま、ぼそっと質問した。

「この剣を折ったの……だれ？」

「だっ、誰って――そいつだよ、そいつ！」

「ん？」

小首をかしげる少女。なんだか子どもっぽい仕草だった。

「ほら、そこにいる冒険者イシュト！　そいつが犯人だっ！」

7

「冒険者イシュト……あなたが、この剣を折った人？」

ドモンを解放した少女は、真顔でイシュトと対面した。

相変わらず、その口調はぼそぼそとしている。声も小さいので、聞き取りづらい。その肉感的な容姿とは裏腹に、内気な性格なのかもしれない。

「まあ……これにはいろいろと、複雑な事情があってだな。それより、お前は何者だ？　まずは名のるのが礼儀であろう」

「ん、失礼。ノーム族のシギュン……という」

少女は小声で名のると、ぺこりと一礼してみせた。

「ノームだと⁉」

イシュトはおどろくと同時に、なにやら運命的なものを感じた。

「ふっ。噂をすればなんとやら、だな。ちょうど先ほど、武器屋でノーム族について話していたところだ――」

「いやいや、ちょっと待てぇ！」

と、なぜだかドモンが勢いよく口を挟んできた。

「どうした？　なにか問題でも？」

イシュトが怪訝に思って尋ねると、ドモンは厳しい表情を浮かべた。

「こんなに背の高いノームなんて、見たことも聞いたこともねぇぞ！　どう見てもヒューマンだろうが！」

「そういえば……ノーム族の背丈って、大人でも一エイル（＝約一メートル）ほどだよね」

と、アイリスも指摘した。

どうやら、ノームとは全体的に小柄な種族のようだ。

ところが、目の前のシギュンときたら——背丈はアイリスと同等である。

「シギュン、ほんとにノーム族。だけど、巨人族の血も混じってる」

シギュンは淡々と事情を明かした。

「巨人族だと?」

ギルドや商店街で見かけたことのある巨人族の姿を、イシュトは思い浮かべた。背丈は二・五エイルから三エイル前後。見るからに力仕事が得意そうな容姿をしていた。

「ん。背が高いのは、巨人族の母上に由来」

シギュンの表情は真剣そのものだ。適当なことをいっているようには見えなかった。

「マジかよ、おい……」

なぜだかドモンは戦々恐々とした顔つきになった。

「なにか問題でもあるのか?」

イシュトがふしぎに思って声をかけると、

「わからんのか、イシュト? ノームの男と巨人の女だぞ? 世界でいちばん小さな種族の男と、いちばん巨大な種族の女……一体、どんな体勢で子作りをしたんだ?」

「うーむ。そういわれると、たしかに気になるが——」

そこまでつぶやいたとき、アイリスが半眼になっているのに気づいたので、イシュトはあわてて咳払いをした。

一方、シギュンはドモンの意図がつかめなかったのか、ふしぎそうな顔をしていたが——

急に真顔になると、イシュトに問いかけた。

「この剣を折ったの、イシュト？　まちがいない？」

なんと答えたものか、イシュトは迷った。

この店で、アイリスと一緒に実験したときのことを思い出す。

剣を振るったのはアイリスだ。が、刀身が折れた直接的な原因は、やはりイシュトの防御スキルに他ならない。アイリスに罪はない。

「そうだな、逃げも隠れもしない。その剣を折ったのは、たしかに俺だ」

「待って。悪いのは、イシュトだけじゃ——」

アイリスが口を挟もうとしたが、

「かまわん。あの剣が折れたのは、俺のスキルが発動したからだ」

イシュトは断言した。人の好いアイリスのことだから、「自分にだって責任はある」といいたかったのだろう。

「ところで、一つ疑問があるぞ。見たところ、お前はハンマー使いのようだが……本当に、この剣の持ち主なのか？」

「この剣、シギュンの作品」

シギュンは淡々と応じた。

「なに？　お前が自分で造ったとでもいうのか？」

「肯定」

シギュンは真摯（しんし）な顔でうなずいた。

「ということは――ノームの鍛冶師というわけか？　どこから見ても、冒険者にしか見えんがな。そもそも、ノームの鍛冶師は一人もいないと教えられたばかりなのだが……」

「シギュン、まだ鍛冶師じゃない」

「まだ、ということは――鍛冶師を志しているというわけか？」

「肯定。冒険者をしながら、鍛冶師……目指してる」

「ふむ、なかなか興味深い逸材ではないか。とにかく、お前の作品を俺が折ったのは、まぎれもない事実だ。なにか要求があるなら、いってみるがよい。お互い冒険者同士なのだし、ここは穏やかに、話し合いで解決しようではないか」

イシュトは正々堂々と交渉を持ちかけた。

「………」

ところが、なぜだかシギュンは黙りこんでしまった。

なにを考えているのか、さっぱり読みとれない顔をしている。

と、アイリスがサッと身構えた。

「気をつけて、イシュト！　とんでもない闘気を感じる！」

「むう、これは……！」

　一瞬遅れて、イシュトも気づいた。

　アイリスよりも気づくのが遅れてしまったのは、シギュンの魅惑的なボディラインに、いつの間にか魅惑されていたから……かもしれない。

　シギュンは無表情のまま、ずん、と一歩を踏み出すと、イシュトとの距離を詰めた。

「冒険者イシュトに、伝えたいこと……ある」

「まさか決闘を申しこむつもりではあるまいな？　いっておくが、俺は強いぞ？」

「シギュンの……」

「お前の？」

「旦那様に、なってほしい」

「ふっ。なんだ、その程度のことなら造作も——いや待て！　どうしてそうなる⁉」

　イシュトは愕然（がくぜん）として、目の前の少女をまじまじと見つめた。

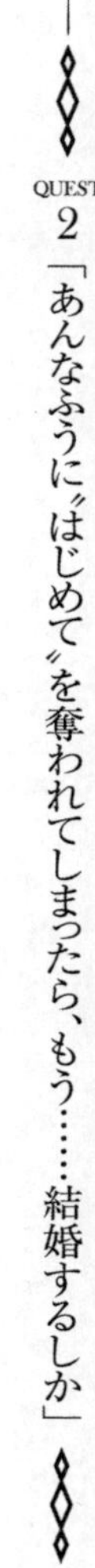

QUEST 2 「あんなふうに〃はじめて〃を奪われてしまったら、もう……結婚するしか」

1

防具屋〈竜神の鱗〉の裏手にある路地には、リッカ・ミラブーカ・ルテッサの三人パーティーが隠れ潜んでいた。

ここなら店内の声が筒抜けだし、薄暗い路地なので人通りもほとんどない。誰にも気づかれることなく、イシュトとアイリスのデートを監視できる。

どうやらデートは順調に進んでいる様子だったが——ここに来て、予想外のイベントが発生してしまった。

「一体、何事でしょう……？」

リッカは呆然として、思わずつぶやいた。

「意味がわかりませんよ。どうして旦那様？」

「ひええ〜。アイリスちゃんとのデート中に、他の女子から求婚されるとか……さすがイシュトやで……」

ミラブーカとルテッサも、ただただ呆けている。

そもそも、あの少女は何者なのか？

「なんや、ようわからへんけど――」

と、ルテッサがつぶやいた。

「これはとんでもない修羅場やで～！　なにがどうなっとんねん！　いやもう……うち、ワクワクしてきたわ！」

ルテッサは猟師の目をしながら、胸を躍らせている。楽しんでいるのがバレバレだった。

「一体、アイリスさんはどう動くんでしょうか？　これは目が離せませんねっ！」

ミラブーカもまた、ゴシップ好きの主婦さながら瞳を輝かせている。

「あの、ええと……お二人とも、どうしてそんなに楽しそうなんですか？」

おろおろしながら、リッカは事態を見守るばかりであった。

2

「待て待て。いきなり旦那になれといわれてもな。どういう理屈で、そうなるのだ？」

突然、初対面の少女から求婚されるという珍事に見舞われたイシュト。しかも、いまはアイリスとのデート中なのである。まったくもって、わけがわからない。

「旦那様が嫌なら……お嫁さんにしとく？　シギュン、がんばってイシュトを養う」

「そういう問題ではない！」

「じゃあ、どうしたら……結婚、してくれる？」

突然、シギュンはイシュトに抱きつこうとした。

「やっ、やめんか！　公衆の面前で、なにを考えている？」

イシュトはとっさに身構えた。すると、シギュンも同じように両腕を広げた。そのまま成り行きで、がしっと組み合い、力比べを始めてしまう。

どうしてこうなった……と思いつつも、イシュトは感嘆した。

まだイシュトは本気の一割しか見せていない。しかし、常人であれば、イシュトの「一割」を引き出すことさえ不可能である。

ところが、シギュンは果敢にも力比べをつづけている。巨人の血筋が関係しているのだろうか。どうやらシギュンは、人並み外れた怪力の持ち主らしい。先ほどドモンが圧倒されてしまったのも、わかる気がした。

「ふむ。なかなかやるな」

「このくらい、余裕。シギュンの夢……鍛冶師。体力と腕力、いくらあっても足りない」

「ならば、俺もお前の膂力に敬意を表して、少しばかり力を出してやろう」

イシュトはじわりと両腕に力をこめた。

「はうっ⁉」

シギュンの口から、おどろきの声が洩れた。徐々に背中がエビ反りになっていく。それでもなお降参せずに、耐えている。ついには頭部が床に到達した。みしり、と床板が不気味な音をたてた。

「ふぬぬぬぬ……」

見事なブリッジを披露しつつ、それでもなお、シギュンは降参しない。

「負けず嫌いだな、お前……」

イシュトはあきれた。これ以上、力をこめたら怪我をさせてしまうだろう。いや、それより先に、床板が砕けてしまう。

そろそろ勘弁してやったほうがいいな……とイシュトが思ったそのとき、入口のドアが荒々しく開いて、二人組の客が現れた。

「――ったく、俺一人でも大丈夫だって。兄貴は過保護だなあ」

「お前にカネを渡したら、真っ昼間から飲んだくれて本来の用事を忘れかねん。まったく、いずれは部族を率いる長となるのだからな。もっと威厳を持つべきだぞ」

そんな会話を交わしつつ、二人組はフロアに足を踏み入れた。よく見ると、何度か顔を合わせたことのある、例のリザードマン兄弟だった。

「おう、お前らか。また会ったな」

シギュンとの力比べを継続しつつ、イシュトは声をかけた。

「なっ⁉　お前は……イシュヴァルト・アースレイ！　こんなところで、なにをしているのだ……？」

魔道士の兄がぎょっとして、イシュトとシギュンの状況をまじまじと見つめた。

はたから見れば、たしかに異様な光景かもしれない。

「兄貴ぃ……やっぱり、こいつは頭がイカれてやがる！　下手に関わったら、ろくなことにならねぇぞ！」

図体がデカい割に、弟は涙目になっている。すっかり腰も引けている。一応、王都でも名の通った冒険者らしいのだが……。

「そっ、そうだな！　今日のところは失礼する！　さっさと行くぞ、弟よ！　あいつと目を合わせるんじゃないぞ！」

リザードマン兄弟は、そそくさと立ち去った。

「なんだ、落ち着きのない奴らだな。先日の一件で、少しは打ち解けたかと思ったのだが……考えてみれば、まだ名前すら聞いていなかったな」

イシュトが苦笑したそのとき、ドモンが腕組みをしながら、ずんずんと歩み寄ってきた。

「おい、イシュト。はっきりいって、営業妨害だぞ。いまの客、あきれて帰っちまっただろうが！」

「たしかに、反論の余地はないな。どうする、シギュン？」

「ふぬぬぬ……まだ大丈夫……」

「ふむ。まだ頑張れるらしいぞ？」

「さっさとやめんかー！　大体だなあ！　アイリス嬢ちゃんとのデートを楽しんでる真っ最中に、他の女子から求婚されるなど──けしからんにもほどがあるぞ！　少しはアイリス嬢ちゃんの気持ちを考えやがれ！」

　まったくの正論だな……と、イシュトは思った。

3

　ドモンに店を追いだされたイシュトたちは、適当な喫茶店に移動することにした。

　入店すると、四人掛けのテーブル席に案内された。イシュトとアイリスが並んで座り、向かいの席にシギュンが腰を落ち着けた。

　各々の注文をすませたのち、イシュトは改めてシギュンに問いかけた。

「どうして、そこまで俺にこだわるのか、ちゃんと説明するがよい。それと、お前自身についても、もっと詳しく説明しろ。そうだな……まずはフルネームだ」

シギュンは食べ物に目がないらしく、早速、焼き菓子を黙々と頬張り始めたが、イシュトの要望には素直に応じた。

「シギュン・アウルヴァング」

「立派な響きではないか」

「うちは先祖代々、戦士の家系」

「貴族階級のようなものか？」

「肯定。だけど、シギュン……武器や防具を造るの、大好き。どうしても、鍛冶師になりたい。できれば、こんな作品を造りたい……」

とつぶやいて、シギュンは壁に立て掛けた戦鎚に目を向けた。

「その戦鎚は？　かなりの業物だよね」

アイリスが興味津々の顔をして尋ねた。

「ノームの里に伝わる作品——戦鎚ミョルニル。造られたの、三百年くらい前。旅立ちの日に、里長（さとおさ）が持たせてくれた」

「三百年も前の作品……もはや伝説級だね」

アイリスは目を丸くしている。

「ふむ。つまり、お前は鍛冶師になるために、思い切ってノームの里を出たというわけか。ところで、ノームの里には鍛冶師がいないそうだが……」

「肯定。ノームの鍛冶職人、いまじゃ一人もいない」

シギュンは淡々と答えたが、その言葉には、どこか苦渋の響きが感じられた。

「最初は、独り（ひと）で技術を学んだ。でも……限界が来た。やっぱり、師匠が必要……。外の世界にだって、優れた鍛冶師はいるはず……だから、家族と里長の許しを得て、旅に出た」

「なるほど。夢を追う若者が、真っ先に目指す場所として、この王都アリオスは打ってつけだろうな」

「肯定」

うなずいたシギュンは、ふかふかのロールパンを口に放りこむと、もぐもぐと咀嚼（そしゃく）した。

「だけど、いまの話と、イシュトにプロポーズした件とが、どうやったらつながるの？」

アイリスが怪訝そうに尋ねた。それはイシュトも同感だった。

ここまでの話を聞く限り、おかしな点はなにもない。

一体、どこをどうまちがえたら、見ず知らずのイシュトに求婚するなどという、おかしな選択肢が芽生えてしまうのだろうか？

4

「この剣の話、聞いてほしい」

　イシュトとアイリスの疑問に応じるように、シギュンは例の「折れた剣」について語り始めた。

「これ……ノームの里を発(た)つ前に、シギュンが独りで打った武器。試作品だから、作品番号は第0番」

「ほう、0か」

　0という数字には、イシュトも妙な縁があるので、親近感めいたものをおぼえた。

「作品番号を振るとは、なかなか洒落(しゃれ)た真似をする。まるで作曲家のようだな」

「ノームの鍛冶職人の間で、古くから伝わる風習。それと、他にも……作品番号にまつわる風習が……ある」

「ほう。どのような？」

「作品番号0番には、自分の名前を付ける。だから、この剣の名は『シギュン・ソード』」

「そいつは変わった風習だな。しかし、それならどうして、剣のどこかに名前を刻んでおかなかったのだ？」

「……シギュン、まだまだ未熟。自分で打った武器に銘を刻むなんて、十年早い」

「謙虚なのは良いことだな。どこぞの道具士に、お前の爪の垢(あか)を煎じて飲ませてやりたいものだ」

　イシュトは笑った。次の瞬間、遠くから「なんですとー！」という声が聞こえたような気がしたが、空耳だろうと思い黙殺した。

「半年くらい前……シギュン、王都に来た。とりあえず、生活費を稼ぐため……冒険者ギルドに行った。すぐ、冒険者として登録してくれた」

「ん？　冒険者養成校はどうした？」

イシュトが疑問に思うと、アイリスが説明してくれた。

「戦闘民族である巨人族の場合、特例措置があるんだよ。簡単な実技試験だけで、冒険者の資格を取得できるの。養成校に通う必要もないし。一般に『巨人枠』って呼ばれてる」

「そいつは初耳だな」

イシュトは納得した。

「資格をもらったあと……冒険者として働きながら、どこかの工房で学ぼうと思った」

「うむ、賢明な判断ではないか」

「でも……どこの工房に行っても、『女が来るところじゃない』って、断られた」

ずっと無表情を保っていたシギュンが、このときばかりは、しょぼんとした雰囲気を漂わせた。

「それは……つらかったね」

と、アイリスが同情の念を示すと、しかし、シギュンはかぶりを振った。

「ううん。それだけなら、予想はできてた。いちばんつらかったのは……自分がノーム族だと説明しても、信じてもらえなかったこと。シギュンの見た目、ノームらしくないから……。どの工房でも、ヒューマンだと勘違いされた」

シギュンはしょんぼりとして、うつむいた。

「相手に自分をわかってもらえないもどかしさ……うむ、その気持ちならわかる。俺にだって、身に覚えがあるからな。ほら、俺のケーキを食っていいぞ」

まだ手つかずのまま残しておいたケーキを、イシュトはシギュンの手元に移動させた。

「イシュト……いい人」

シギュンは顔をあげると、ケーキを頬張った。なんだか餌付けしているような気分になってしまう。

イシュトはコーヒーを味わいつつ、さりげなくシギュンを観察した。

その戦鎚だけは異様なオーラを感じさせるが、防具は安物ばかりである。金回りが良いようには見えないが、それほど悲壮感は感じられない。

「お前、仲間はいないのか?」

「他人との会話……苦手だし。独りのほうが、気楽」

「ソロ活動か。苦労してそうだな」

「ん……まだレベル3」

さりげなく告げられた数値に、アイリスが「えっ」とおどろきの声を洩らした。

「もう3なの？　冒険者歴は半年なのに……」

「この武器のおかげ。戦鎚ミョルニル——命中率は低いけど、当たれば大ダメージ」

シギュンは正直に告げた。

「ふむ、それならば、自分よりレベルの高いモンスターでも倒せそうだな。その割に、儲かっているようには見えないが……」

そう、立派すぎる武器とは対照的に、シギュンの防具は初心者向けなのである。

「ん……稼いでも、食費で消える。宿泊費も必要だし。お腹が空いても、ご飯を食べられない日もあって……」

シギュンは恥ずかしげにうつむいた。まあ、これだけ食欲旺盛ならば、しかたがないのだろうな——と、イシュトは思った。

「あの日も、シギュン……お腹ぺこぺこだった」

「あの日とは？」

「討伐クエストを終えて、王都に帰ってきた日……どんどんお腹が減ってきて——なんとかギルドに着いたとき……シギュン・ソード、なくなってた……」

「いつの話だ、それは？」

「二ヶ月くらい前、だと思う。よくおぼえてないけど」

シギュンは可愛らしく小首をかしげた。

「ふむ、俺が冒険者になった頃だな。つじつまは合う。それにしても、捜し当てるのに時間がかかりすぎではないか？　二ヶ月もの間、あの防具屋を思い出さなかったのか？」

「シギュン、お腹が減ると、目が回りそうになる。あの日、どの道を歩いたかなんて……全然、おぼえてなかった。今日、なんとなく、あの防具屋さんを覗いてみたら――やっと見つけた。だけど、真っ二つに折れてて……びっくりした――」

一呼吸を挟んだのち、シギュンは大真面目に宣言した。

「シギュン、イシュトと結婚することになった」

5

「いや、ちょっと待たんか」

イシュトはあわてて口を挟んだ。

「いきなり話が飛躍したぞ？　お前の落とし物――シギュン・ソードが真っ二つに折れていた。その剣を折ったのは俺だと聞かされた。そこまでは問題ない。だが、どうして『結婚』などという物騒な言葉が飛びだすのだ？　そこのところを、ちゃんと説明するがよい」

「ん、わかった」

シギュンはスプーンを置くと、居住まいを正した。

「自分の名前を与えた、作品番号0番……それは、作者の分身。これ、ノーム族の鍛冶師が信じてる言い伝え」

「古い信仰のようなもの？」

　アイリスが尋ねると、シギュンは真顔でうなずいた。

「肯定。それと……ノームの里を発つ前に、占ってもらった。ノームの里の占い師、百歳を過ぎたお婆さん。とても優秀。よく当たる」

「まさか……」

　イシュトは嫌な予感を覚えた。

「ん。占い師……シギュンに教えてくれた。いずれ、シギュン・ソードを真っ二つに折る者が現れる。その人こそ、シギュンの……旦那様」

「うーむ……」

　イシュトは喉の奥で唸った。

「シギュン・ソード、ほんとに折られた」

「いや、あれはだな、その場の成り行きというか――」

「あんなふうに〝はじめて〟を奪われてしまったら、もう……結婚するしか」

「おい！　人聞きの悪いことを言うんじゃない……誤解されるだろうが」

「お願い、イシュト……シギュンの、旦那様になってほしい」

しおらしく、ぺこりと頭を下げるシギュン。

もっとも、その態度とは裏腹に、ひしひしと重圧を感じるのも事実だった。梃子でも動かぬ様子である。

「ううむ。ノーム族で、鍛冶師の卵か……」

いろいろと問題は抱えているものの、イシュトがシギュンに興味を抱いたのは事実だった。

武器屋のカーリンから有意義な情報を受け取った直後、まるで申し合わせたように、ノームの少女が現れた。

母親が巨人だというので、厳密にはハーフノーム、あるいはハーフジャイアントだが、ノームの血を引いているのはたしかだ。

しかも、シギュンは鍛冶師になりたいという。

現状、ノーム族の鍛冶師は一人も存在しない。そして、いまさら鍛冶師になりたがるような若者はいない、とカーリンから聞いたばかりでもある。

その例外こそが、シギュンなのだ。

となれば、ノームの里にとっても、シギュンは唯一の希望ではあるまいか。

これは、なにかの導きのように思えた。

そうだ。とりあえず、結婚云々はひとまず脇に置くとして——。

「シギュン。お前に一つ、聞きたいことがある」

「ん？」

「魔鉄鉱について、だ。俺はいま、魔鉄鉱の扱いに長けた鍛冶師を探しているところでな。ちょうど武器屋の看板娘カーリンから、ノームの鍛冶師ならば魔鉄鉱との相性が抜群だという話を聞いたところだ」

「肯定。魔鉄鉱を素材とする武具なら、ノームの鍛冶師に依頼するのが確実。ノームの鍛冶師、魔鉄鉱を自由自在に扱えるようになって初めて、一人前と見なされる」

「ならばシギュン。お前も素材さえ集めれば、すぐにでも造れるのか？」

「一応、ノームの里に残されていた文献、すべて読んだ。魔鉄鉱に触れたこともある」

「ならば、できるのだな？」

イシュトは期待に胸をふくらませたが、しかし、シギュンはかぶりを振った。

「……残念。まだ経験、足らない。工房も、ない。いまのシギュン……ただの冒険者にすぎない」

「ううむ、それもそうか」

「でも、史上最強の魔剣を打つことも……目標の一つ」

無表情ながらも、シギュンは胸の前でグッと拳を握りしめた。

その真摯な眼差しを受けて、イシュトは即座に決めた。

「史上最強の魔剣とは——よくぞいった！　よかろう。結婚の件はともかく、ノームと巨人の娘シギュンよ。これより、我が麾下に加わるがよい！」

「……ん？」

　小首をかしげるシギュン。言葉の意味が通じなかったようである。

「要するに、お前をチーム・イシュトの新メンバーとして歓迎しようというわけだ」

　イシュトは毅然として、宣言した。

「なあ、シギュン。このまま日銭を稼ぐだけでは、いつまで経っても夢は叶わんのではないか？　お前だって、薄々は気づいているのだろう？」

「肯定。シギュン、王都に来てから……一度も工具、握ってない。やってること、モンスターの討伐ばかり……」

「ならば、迷うことはない。お前が鍛冶の修行を始められるよう、俺が協力してやる」

「それって……遠回しな、プロポーズ？」

「それはちがう！」

「……残念。でも、イシュトの気持ち、うれしい。よろしく、お願い……する」

　シギュンはテーブルにおでこがくっつきそうなくらい、深々と頭を下げたのだった。

6

「よし、これで決まりだな。新たなパーティー・メンバーの誕生だ！」

「おめでと、イシュト。そういえば……シギュンのジョブ、まだ聞いてなかったよね。よかったら、教えてくれる？」

と、アイリスがなにげなく尋ねた。

「たしかに、まだ聞いていなかったな」

イシュトも興味を抱いた。もう随分と話しこんだにもかかわらず、まだシギュンのジョブすら聞いていなかったとは、迂闊（うかつ）としかいいようがない。

「ええと。シギュンのジョブ……なんだっけ？」

と、シギュンがぼんやりとした口調でつぶやいた。

「おい、そんなことも把握できていないのか」

イシュトはあきれ果てた。

「ジョブ名なら、冒険者証に記載されているはずだけど。まさか、落としてないよね？」

と、アイリスが心配そうに尋ねた。

「あ、それなら……」

シギュンは懐からカード・サイズの冒険者証を取り出し、イシュトの手元に置いた。

「読んでくれる？　まだ、現代レハール語は勉強中……自分の名前しか読めない」

「ふむ。その様子だと、読み書きも学ぶ必要がありそうだな」

イシュトはシギュンの冒険者証を手に取った。

と、真横からアイリスが覗きこんできて、意外そうにつぶやいた。

「あっ……見て、イシュト。『狂戦士（バーサーカー）』って書いてあるよ」

「は？　また厄介そうなのが……」

シギュンの装備品から察するに、戦士系であることは容易に想像できたが、まさか狂戦士とは。なにやら、いやな予感しかしない……。

「あの……イシュト？　ジョブにもびっくりしたけど、もっと気になることが……」

と、まだシギュンの冒険者証を覗いていたアイリスが、歯切れの悪い口調でいった。アイリスにしては珍しいことである。

「なんだ。まだ、なにかあるのか？」

「シギュンの生年月日、見てくれる？　これが事実なら――」

「どうした？」

「シギュン、まだ十歳だよ」

「は？　十歳だと？　いやいや、そんなはずがなかろう！　ただの記載ミスではないか？　おい、シギュン。お前、本当の年はいくつなのだ？」

「シギュン、ほんとに十歳。なにか、問題……ある？」

「なっ、なんと……！」

イシュトは改めて、シギュンをまじまじと見つめた。

いわれてみれば、大人の魅力を感じさせる肉体美とは裏腹に、その表情や口調、仕草には、どこか幼いというか、危うげな印象があった。

実年齢が十歳だと知った上で、こうして観察してみると——たしかに納得できるのだ。

「どうやら、ノームの血と巨人の血が混ざることで、とんでもない奇蹟が起きてしまったらしいな……」

思わず感嘆の声を洩らすイシュト。

と、そのとき——。


「ありえへーん！　ありえへーん！」

「あのカラダで年下とか、反則ですよぅ！」

「お二人とも落ち着いて……！」


なにやら聞き覚えのある声が耳朶を打ったような気がした。

さりげなく、イシュトは背後を振り返ってみたのだが……店内に見知った顔は見つからない。

また空耳だろうか。

いや、もしかしたら……と、一つの可能性に思い当たったイシュトだが、あえて触れないことにした。

先ほどからアイリスの様子が変なので、そちらのほうが気がかりだったのだ。

「どうした、アイリス。顔が真っ青だぞ?」

「まだ十歳なのに、あのサイズ……まだ十歳なのに、あのサイズ……まだ十歳なのに……」

なにやら無限ループに陥っているアイリス。その視線は、自分の胸元に注がれていた。どうやら、自分とシギュンの胸を比較しているらしい。

事実、シギュンとアイリスの胸元を比べてみると――その格差たるや、尋常なレベルではない。シギュンが年上であれば、引け目を感じることもなかったのだろうが……。

「ノームと巨人の血……恐るべし、だな。というか、シギュン。まだ十歳だというのに、俺と結婚するつもりだったのか?」

戦々恐々としながら、イシュトは尋ねた。

「ノームの里では、男も女も十二歳で成人と認められる。二年くらい、余裕で待てる」

シギュンは事も無げに応じた。

「むう……」

「あの……イシュト?　シギュンも一つ、聞きたいこと……ある」

「なんだ?」

「そっちのお姉さん、だれ?　もしかして、イシュトの……恋人?」

「はっ？　いや、俺とアイリスはだな……」

イシュトは自分でもふしぎなくらい狼狽していた。

「…………」

一方、アイリスはアイリスで、恥ずかしそうにうつむいてしまった。よく見ると、耳たぶまで真っ赤に染めている。

「まったく、子どもがマセたことをいうんじゃない」

イシュトは冷静さを取りもどすと、シギュンを諭した。

「そういえば、まだちゃんと紹介していなかったな。アイリスは俺の後見人であり、同じ宿を拠点とする冒険者であり、何度か一緒に戦った仲でもある。一言でいえば、戦友――だろうな」

「ん、安心した」

「というか、シギュン。冒険者をやっているくせに、アイリスを知らんのか？」

「知らない」

「まったく、鍛冶と食い物のことしか頭にないのだな……」

イシュトが苦笑したそのとき、アイリスが好奇心旺盛な表情をして告げた。

「あのね、イシュト。わたし、狂戦士に会うのは初めて。とってもレアなジョブなんだよ」

「ふむ。ベテランのアイリスがそういうのなら、よほどレアなのだろうな。ジョブ・チェンジには、なにか特殊な条件が必要なのか？」

「種族や年齢や性別に関係なく、ごくまれに狂戦士化（バーサーク）のスキルを獲得する人がいるの。スキル獲得の条件については、まだ解明されてないんだけどね。このスキルがない限り、狂戦士（バーサーカー）になることはできないから」

「かなり特殊なジョブらしいな」

イシュトが感心していると、突然、アイリスが立ちあがった。

「ねえ、シギュン。あなたのスキル、見せてくれない？　ちょっとだけ、手合わせをお願いしたいんだけど」

いつしか、アイリスの視線は冒険者らしい熱を帯びている。どうやら好奇心を刺激されたらしい。残念ながら、「普通の女の子」になりきるのは難しいようだ。

「ん……シギュン、モンスターしか狩ったことない。人の相手は……苦手」

「そんなに難しく考えなくても、大丈夫だよ。付き合ってくれたら、ご飯でもお菓子でもご馳走（ちそう）するし」

「やる」

「即答か……」

イシュトはあきれた。

「おい、アイリス。シギュンはレベル3だといっていたぞ。レベル12のお前が相手では、格がちがいすぎる」

イシュトが忠告すると、しかし、シギュンは無感情な顔で応じた。

「狂戦士の力、解放したら、レベル13になる。問題ない」

「なに？　アイリスを超えているではないか……」

イシュトは瞠目したが、アイリスは眉一筋うごかしはしなかった。その程度のことなら、とっくに知っていたのだろう。

「表に出ようか、シギュン」

と、アイリスが鋭い口調でうながした。

「ん、望むところ」

まだ十歳という幼さゆえだろうか、シギュンは微塵の恐れも見せることなく、うなずいた。

「ううむ。どうしてこうなった……嫌な予感しかしないのだが」

イシュトは独り言を洩らした。

アイリスもシギュンも、さっさと店を出ようとしている。

二人とも、すっかり乗り気のようだ。

アイリスは知的好奇心ゆえに。

シギュンは食べ物のために。

「まったく……おい、勘定はここに置いとくぞ！」

イシュトはウェイトレスに声をかけると、あわてて二人を追いかけた。

7

最寄りの広場の一角で、アイリスとシギュンが対峙（たいじ）している。

やや離れた位置では、イシュトが苦虫をかみつぶしたような顔で、事態を見守っている。

この一風変わった構図に興味を引かれ、わざわざ立ち止まる通行人も増えつつあった。新手の大道芸でも始まるのかと、勘違いしているのかもしれない。

「おい……あの子、白騎士（ロスヴァイセ）に似てないか？」

「いやいや、そんなわけないでしょ？」

などという声まで聞こえてくる。町娘に扮（ふん）したアイリスの正体がバレるのも、時間の問題かと思われた。

その光景を、ルテッサ・リッカ・ミラブーカの臨時パーティーもまた、物陰から眺めていたのである。

「なんや、最後のほうは聞き取れんかったから、事情はわからんのやけど……イシュトをめぐって、アイリスちゃんと謎の美少女が決闘する——そういう話かいな？」

と、ルテッサがつぶやいた。

「野次馬もどんどん集まってきましたよ！　ひえ〜、これは修羅場の予感がします！」

ミラブーカもまた、目の前の構図に興味津々の様子だ。

「一体、どうなってしまうんでしょうね……？」

リッカもアイリスとシギュンから目が離せなくなっている。

アイリスがイシュトに手渡した「一日デート券」から始まったイベントが、まさか、こんな決闘騒ぎに移行してしまうとは……。

アイリスとシギュンは、野次馬たちのざわめきなど意にも介さず、真顔でじっと見つめ合っている。

「武器は？」

と、シギュンがアイリスに問うた。

「これでいい」

アイリスはスカートをきわどい位置までまくりあげた。たちまち、野次馬の男たちが目の色を変える。

真っ白な太ももには、革製の短剣用ホルスターが装着されていた。そこから、見事な造りのダガーをすらりと抜く。両刃の短剣だ。真昼の陽光に、白刃がきらりと照り映えた。

「始めようか」

と、アイリス。さすがは上級冒険者だけあって、泰然と構えている。

「望むところ」

無表情で応じ、突進するシギュン。ぶるんぶるんと巨大な戦鎚を振り回す。一撃でも食らったら、人体など吹き飛んでしまいそうなほどだ。

「ひええ……あの子、たしかレベル3だといってましたよね？　その割に、上級冒険者みたいな風格を感じますけど」

ミラブーカが恐る恐るつぶやいた。

「いや……すごいのは、あのハンマーやな。あの子の動き自体は、初級冒険者そのものや。ほら、アイリスちゃんを見てみ？　なんも動じてへんよ」

対照的に、ルテッサは冷静にシギュンの戦闘能力を分析していた。

事実、シギュンの攻撃は直線的で、大味だ。フェイントなどの小技を挟むわけでもない。相手が動きの遅いモンスターであれば、充分に通用するだろう。

一発でも当たれば、敵は粉砕されるはずだ。ならばこそ、ソロの新米冒険者が、たった半年でレベル3になるという快挙を果たせたのである。

だが、シギュンの相手は――あの誉れ高き白騎士（ロスヴァイセ）、アイリスフラウ・リゼルヴァインなのだ。最小限の動作で、シギュンの単純攻撃を軽やかにかわしつづけている。まるで舞踏のような優雅ささえ感じられた。

「むう、当たりさえすれば……」

と、シギュンがぼそぼそとつぶやいた。いまやアイリスに翻弄（ほんろう）される一方である。

「だったら、あなたの攻撃――受け止めてあげる」

と、アイリスはその場で立ち止まった。

そこに、シギュンの戦鎚が猛然と迫る！

がきぃいいん！　――と、凄まじい衝撃音が鳴り響いた。

野次馬たちの喧噪が、瞬時に消えた。

不気味なほどの沈黙が、広場を支配する。

あろうことか――アイリスの構えた短剣は、シギュンが振りおろした戦鎚を見事に食い止めていた。まるで魔法を使ったかのようだった。

「むむ～っ！」

感情の起伏に乏しいシギュンでも、さすがに焦りを見せた。

「武器の性能に頼りすぎだよ」

と、アイリスが冷静につぶやいて、機敏に動いた。

スッ……と後退したのである。

「あっ⁉」

これには虚をつかれたのか、シギュンはバランスを崩した。前のめりになって、ドッと転んでしまう。その拍子に、戦鎚も手放してしまった。

沈黙が支配していた広場だったが、次の瞬間、拍手喝采が沸いた。

「勝負、つきましたね。さすがはアイリスさん。お二人とも怪我がなくて、本当に良かったです」

リッカは胸を撫でおろした。

「……いや、まだや。アイリスちゃんは全然、満足してへんで」

「へっ？　どういうことです？」

と、ミラブーカが怪訝そうに眉根を寄せる。

「見てみぃ。アイリスちゃんは、相手が立ち上がるのを待っとるで」

「たしかに……」

ルテッサの指摘に、リッカは納得した。

そうだ、アイリスはまだ戦意を保ちつつ、試合の再開を待ち望んでいる……。

「どうして狂戦士（バーサーカー）にならないの？　いまのあなたじゃ、わたしには勝てないよ」

「むう……」

「あなたがわたしに勝つためには、狂戦士化（バーサーク）のスキルを使うしかないはず。自分でも、わかってるよね？」

「自分の意志で自由になれるなら、苦労しない。頭のなかで、スイッチ……入らないと」

「スイッチ？　それって、どうやったら入るの？」

「……よくわからない」

「じゃあ、過去に狂戦士になったときは、どういう状況だったの？」

「旅立つ直前……ノームの里で、お祭り、あった。シギュン、グリフォンの丸焼き……とても楽しみにしてた」

「話がよく見えないけど？」

「グリフォン、とっても貴重な食材……なのに、母上が一人で……丸ごと食べちゃった。シギュン、怒った。すぐにスイッチが入って、狂戦士(バーサーカー)になった……」

「つまり、自分が熱烈に欲しがっていた対象を、理不尽に奪われたとき——自動的に発動したってこと？」

「ん……たぶん、そう」

「わかった。それなら、わたしに考えがあるよ」

「？」

シギュンがきょとんとした直後、アイリスはとんでもない発言をした。

「わたしが、イシュトを奪ってあげる」

「えっ？」

とまどうシギュンを置いて、アイリスは迅速に動いた。ずっと試合を見守っていたイシュトのもとに駆け寄ったのだ。

「逃げるよ、イシュト」

「おい、アイリス？　一体、どういう……」

イシュトの手を握ると、アイリスは駆けだした。よほどシギュンの「本気」を引き出したいらしい。

たちまち、野次馬たちが騒然となった。

リッカたちもまた、ぽかんとして、ただただ事態を眺めるばかり。

「ひゃーっ！　アイリスちゃん、いくらなんでも大胆すぎるでぇ！」

ルテッサなどは大喜びしている。

そのときだった。

「イシュト……シギュンの旦那様……どうして……」

ぶつぶつとつぶやき始めたシギュンの身に、異様な変化が生じたのである。

その全身が、禍々しい（まがまが）オーラに包まれたかと思うと――ばね仕掛けの人形さながら、機敏に立ち上がった。

「アイリス……許すまじ……」

周囲の空気が変質したのを、リッカは即座に感じとった。

この緊迫感は、ただごとではない。まるで大型モンスターに遭遇したときのようだ。

「ふしゅう……狂戦士化（バーサーク）、完了……」

シギュンが不気味な吐息（といき）とともに、ぼそりとつぶやいた。

リッカは違和感をおぼえた。

ふと隣を見やると、ルテッサとミラブーカも眉をひそめて、シギュンを観察している。

とてつもない重圧を感じるのはたしかだ。いまのシギュンの戦闘力は、まちがいなく上級冒険者に匹敵するだろう。

だが、神話や伝説に登場する狂戦士（バーサーカー）とは、少々……いや、かなり異なっているように見えた。

いまのシギュンは、怖いくらいに冷静だし、目が据わっている。

と、シギュンはあの巨（おお）きな戦鎚を、片手で無造作に拾いあげた。レベルが飛躍的に上昇したことで、腕力も跳ねあがったらしい。

「シギュン・アウルヴァング――これより、標的を駆逐する」

プロフェッショナルな兵士のようにつぶやくと、シギュンはドスドスと駆けだした。

「よっしゃ、うちらも追いかけるでぇ！」

たちまち、ルテッサが意気揚々と号令した。

「これはもう、最後まで見届けるしかないですよっ！」

ミラブーカも満面の笑みで応じた。

「お二人とも、どうしてそんなにうれしそうなんですか……？」

とはいったものの、リッカ自身もまた、はたして勝負の行方がどうなるのか、気になってしかたがないのだった。

「おい、アイリス！　シギュンのやつ、なにやら不気味だぞ！　この世界の狂戦士(バーサーカー)とは、あれが普通なのか？」

　ドスドスと駆けてくるシギュンは、仮面のような無表情を保っている。怒り狂っている様子は皆無だ。雄叫(おたけ)びをあげるわけでもない。

　ただ黙々と、標的を追いかけるのみ――。

　とはいえ、あんな大型武器を軽々と振りあげて、人間離れしたスピードで駆けてくる様子は、尋常ではなかった。

　だれもが「狂戦士(バーサーカー)」と聞いて思い浮かべるような、わかりやすい怖さとはかけ離れているのだが、それゆえに、なにやら得体の知れない感じがした。

「……たぶん、シギュンは狂戦士(バーサーカー)のなかでも、特異体質者(イレギュラー)なんだと思う」

　全速力で走りながらも、アイリスが憶測を口にした。

「なんにせよ、あそこまで豹変(ひょうへん)するとはな……麻薬じみたスキルだぞ」

　とつぶやいて、イシュトはちらちらと背後の様子をうかがった。

　どごっ！　ずがんっ！　……と、けたたましい音をたてながら、シギュンは障害物を次々と破壊している。

8

いつしか、市民の悲鳴や怒号も聞こえるようになっていた。

障害物といっても、要するに商店街の設備だ。公共施設だったり、店の備品だったりする。市民にとっては迷惑千万だろう。

とにかく、シギュンを適当な場所に誘導しないと、被害は拡大するばかりだぞ……と、イシュトは思った。炎の巨人スルトと比べたら可愛いものだが、被害は着実に増えている。

「おい、アイリス。商店街がヒドいことになっているぞ。シギュンのやつめ、冷静なのか、熱くなっているのか、よくわからんな……」

「あれはあれで、合理的な選択だと思う。回避するよりも壊したほうが手っ取り早い障害物だけを、迷いなく壊してるし」

「怪我人が出る前に決着をつけたほうが良さそうだな」

「同感だね。広い場所まで移動して、そこで迎え撃つよ……！」

決然として、アイリスは宣言したのだが――。

まだ商店街を抜けださないうちに、

――ドドドドドッ！

いよいよシギュンが背後に迫ってきた。

言葉はない。ただ黙々と、走りながら戦鎚ミョルニルを振りかぶる。

「おい、アイリス！」

「イシュトは避難して！」

アイリスはイシュトを横方向に突き飛ばすと、シギュンを迎え撃った。

一合（いちごう）、二合（にごう）……と打ち合うアイリスとシギュン。

短剣と戦鎚が青い火花をちらす！

「なんと……！」

イシュトは瞠目した。

先ほどとは打って変わって、シギュンは猛攻に次ぐ猛攻で、たたみかけている。あの重量級の武器を、まるで棒のように軽々と扱っているのだ。

一方、アイリスもアイリスで、その表情は活き活きとしていた。冒険者としての魂が、燃えに燃えている様子である。いまや本気でシギュンの猛攻に付き合っていた。

「……ちょっと邪魔だね」

と、アイリスはいったんシギュンから距離を置くと、戦闘には邪魔だったスカートの裾を、ビリビリと引き裂いた。

スカートの丈が、かなり際どい短さとなってしまう。まばゆいほどに白い太ももが、あらわとなった。

「……!?」

その脚線美に、イシュトは思わず釘付（くぎづ）けとなった。と同時に、いまにも下着が見えそうなく

らいスカート丈が切り詰められてしまったので、ハラハラしたのも事実である。

スカートを短くしたおかげだろう、アイリスの行動速度がわずかに上昇した。

だが、シギュンは意に介さない。

アイリスの速度が上がった分、シギュンもまた、機敏さを増した。あんな戦鎚を振り回しているというのに、その体勢には一点の揺らぎもない。

「くっ……！」

いつしか、アイリスのほうが圧(お)されつつあった。

いまやシギュンのレベルは13で、アイリスよりも上だ。のみならず、武器の性能差も大きいと思われた。

アイリスが装備している短剣も、かなりの業物にはちがいない。

だが、狂戦士(バーサーカー)が渾身(こんしん)の力をこめて振り回す戦鎚ミョルニルを受けとめるには、やはり性能不足なのだろう。せめて聖剣ミストルティンがあれば——。

二人の戦闘は、まるで乱舞だった。美しいといえば美しいが、激しさが勝る。戦えば戦うほど、商店街の設備を破壊していく。

屋台、看板、ゴミ箱……その他諸々の物体が、割れる。吹き飛ぶ。砕け散る。たまたま居合わせた店員や通行人に至っては、絶叫しながら逃げまどう。

「むう。これが上級冒険者同士の試合か……！」

いつしか、イシュトは二人の闘いに魅入られていた。

互いの武器が何度も相打ち、火花をちらす。いまではもう、熾烈な闘争を繰り広げる二人は、竜巻さながらの様相を呈している。

当然ながら、二人が戦えば戦うほど、周辺設備は破壊されていく──。

「いかん、のんびり見物している場合ではないぞ。二人とも熱中しすぎだ。このままだと、商店街が廃墟になりかねん……とはいえ、あの闘いに割って入るのは躊躇してしまうな」

イシュトの腕力をもってすれば、容易に制圧できるだろう。

だが、両者の戦闘力は人並み外れている。下手に手加減をしようものなら、こちらが吹き飛ばされてしまう。

かといって、本気を出そうものなら、二人を傷つけてしまいかねない──。

「ぐぬぬ……困った。どうすれば──」

イシュトが苦渋のうめきを洩らしたそのときだった。

──ひゅんっ！

突如、鋭い風切り音が鳴ったのである。

イシュトは見た。魔王の眼ならばこそ、視認できた。

そのサイズから察するに、吹き矢の一種だろうか。針のように小さな矢が、どこからともなく飛来して、シギュンのうなじに吸いこまれたのである。

「ふにゅっ⁉」

次の瞬間、シギュンがバタンと倒れ伏した。

一体、なにが起きたのか……と思ったら、

「ふ～。なんとか命中して良かったわ。二人とも、周囲が見えなさすぎやで！　冒険者が街を破壊してどないすんねん！」

現れたのは、なんとルテッサだった。その手には、吹き矢を飛ばすための筒がある。いかにも猟師らしいアイテムといえた。

そんなルテッサの背後には、なぜだかリッカとミラブーカの姿もあった。

「あはっ……どーも、イシュトさん。こんなところで会うなんて、奇遇ですね～」

と、白々しいことをいうミラブーカ。明らかに目が泳いでいる。

「ええと……ごめんなさい、イシュトさん！　わたしたち、お二人のあとを尾行していました……！」

対照的に、リッカは正直に事情を告白すると、平身低頭して謝った。

カフェに入った頃から、薄々気づいてはいたものの――やはり、この三人でイシュトとアイリスを尾行していたのだ。

まったく、暇人（ひまじん）だな……と、イシュトは思った。

とはいえ、ルテッサの機転が功を奏したのは事実である。

あのまま手をこまねいていたら、被害は拡大する一方だったのだ。

「いろいろといいたいことはあるが……助かったぞ、ルテッサ。褒めてつかわす」

「えへへ～。イシュトに褒められてもた～」

ルテッサは無邪気に笑った。悔しいが、こんなに可愛らしい笑顔を見せられてしまうと、尾行の件を叱る気にもなれなかった。

「ああ、それとだな。リッカとミラブーは、帰ったら説教だ。いいな？」

「はい……」

と、しおらしく応じるリッカ。

「ぐっ、しかたありません……」

ミラブーカも観念したように、うつむいた。

「それにしても……シギュンのやつ、大丈夫なのか？」

イシュトはシギュンの容態を看（み）つつ、つぶやいた。

「ただの眠り薬やし、心配は要らへんで。三時間もすれば――ふぁっ⁉」

突然、ルテッサは大袈裟（おおげさ）にのけぞった。

おどろいたのも無理はない。

一度は眠りこんだはずのシギュンが、むくりと起きあがったのである。ただし、まだ寝ぼけているようで、むにゃむにゃと意味不明なことをつぶやいている。どうやら狂戦士（バーサーク）化の効果は切れたようである。

「ひえ〜。とんでもない回復力やな……」

ルテッサは心底、おどろいている。

戦闘民族である巨人の血筋だろうか。異常なほどの回復力である。

どうやら、シギュンの潜在能力は計り知れないようだ。本人は鍛冶師志望だというが、冒険者としても充分にやっていけるだろう。

「なにはともあれ、冒険者ギルドに報告せねばならんだろうな――」

イシュトは溜息(ためいき)まじりに、仲間たちをうながした。

9

いざ冒険者ギルド王都支部に帰還してみると――。

恐ろしく腕っ節の強い少女二名が、商店街で乱闘騒ぎを起こしたあげく、あちこちを破壊してしまったことは、とうに知れ渡っていた。しかも、見物人のなかには、少女の片方がアイリスではないか？　と気づいた者も少なくなかったらしい。

また、アイリスの対戦相手がシギュンであることも、すでに冒険者ギルドは把握していた。容姿や装備品などの目撃情報から、すぐに割り出すことができたのだ。

「……おどろきました。まさかアイリスさんともあろう御方が、まだレベル3の初級冒険者と決闘をされるなんて。しかも商店街が被った損害は、極めて甚大ですよ？」

受付カウンターで、苦笑まじりに応対したのはエルシィ・ノワだった。

とりあえず、イシュトはエルシィから詳しい話を聞こうと思ったのだが、

「あ、支部長からイシュトさんたちに伝言があります。すぐに支部長室まで出頭するように……とのことです」

「説教タイムか？　面倒だな……」

イシュトたちはぞろぞろと連れだって、二階の支部長室を目指した。


「あっはっは！」

ベルダライン支部長は、イシュトたちが入室するなり呵呵大笑(かかたいしょう)した。窓際に立ち、異国風の長い煙管(きせる)を手にしている。煙草の匂いがぷんぷんと漂ってきた。

「アイリスフラウ・リゼルヴァインともあろう者が、なにをやっているんだい？」

「……ごめんなさい、支部長。どうしても、狂戦士(バーサーカー)と試合(しあ)いたくなって」

アイリスは抗弁することなく、素直に謝罪した。

「なるほどね。アイリス嬢らしいよ」

支部長はからからと笑った。よほどおかしかったのか、腰から生えた尻尾をゆさゆさと揺ら

している。

「とりあえず、君たちに現在の状況を伝えておくよ。実はね……君たちより一足先に、商店街の顔役がここに怒鳴りこんできたんだ。顔役といっても、この僕から見れば坊やにすぎないんだけどね」

「その顔役とやらは、どこにいるのだ？」

イシュトは支部長室をぐるりと見渡した。

支部長は悪戯っぽく微笑んだ。

「つい先ほど、お帰り願ったよ。とりあえず、冒険者ギルド王都支部が弁償金として、二百万リオンを支払うと約束した結果、示談が成立した。怪我人が出なかったこともあって、話し合いはスムーズに進行したよ」

「ふむ。お前にしては、気が利くではないか」

イシュトは感心した。この牝狐にしては、いい仕事をしたと思ったのだ。それにしても、二百万リオンとは、相当に吹っかけられたものである。

「もちろん、これは貸しだからね。あくまでも、うちは立て替えただけだよ」

「なに？」

「アイリス嬢とシギュン嬢。あくまでも、弁償金は君たちが支払うんだ。アイリス嬢が百万リオン、シギュン嬢も百万リオンだ。ま、二人とも僕好みの美少女だからね。利子をつけるのだけは勘弁してあげよう！　それじゃあ、がんばってくれたまえ！」

　支部長は強引に話を切りあげると、退室をうながしたのだった。

「――あの、イシュト？」

　一階フロアにもどるなり、アイリスが声をかけてきた。

「わたし、もう帰るね。うちの経理担当はランツェだから、報告しに行かないと……」

「そうか。ランツェのことだ。まだ怪我が癒えていないとはいえ、顔を真っ赤にして怒りそうだな」

「うん。覚悟してる」

「まあ、なんだかんだいって、ランツェはアイリスちゃんに甘いからなぁ。心配はいらへんやろ。百万リオンくらい、うちらがちょっと働けばすぐに返せるしな。ほなまた～」

　アイリスとルテッサを見送ったあと、イシュトは自分の仕事を思い出した。晴れてパーティー・メンバーが増えたのだから、エルシィに報告せねばならない。

「さて、と。次は新メンバーの登録を――ん？　おい、シギュンはどこへ行った？」

　イシュトはハッとして、周囲を見渡した。

　いつの間にか、シギュンの姿が消えている。

「シギュンさんなら、つい先ほど玄関から出ていかれましたが……」

と、エルシィが遠慮がちに教えてくれた。

「なに？　一体、どういうつもりだ！」

イシュトはあわてて、ギルドを飛びだした。

せっかく、これからパーティー加入の手続きをしようと思っていたのに――。

「あっ、待ってください！」

「ちょっとイシュトさん！　あたしたちの存在を忘れないでくださいよっ！」

リッカとミラブーカも、あわててイシュトを追いかけた。

10

すでに夕刻である。

太陽は傾いて、往来には夕陽が射しこんでいる。道を行く通行人たちの影が、細長く引き延ばされていた。

シギュンの後ろ姿は、すぐに見つかった。

「おい、シギュン」

イシュトは名前を呼びかけながら、シギュンの行く手をふさいだ。

「これからパーティー加入の手続きをするつもりだったのだぞ。そもそも、どこへ行くつもりだ？　俺たちの拠点（ホーム）なら、反対方向だぞ」

「イシュト……」

シギュンはうつむいたまま、答えた。

「パーティー加入の件……諦める。シギュンが仲間になったら、迷惑、かけちゃう」

ぐすっと鼻をすすりながら、シギュンはイシュトの脇を素通りしてしまった。

イシュトはシギュンの後ろ姿を振り返った。戦鎚ミョルニルを負った背が、ひどく小さく、寂しく見えた。

「おい、勝手は許さんぞ。お前、鍛冶師になりたいのだろう？」

イシュトはシギュンの後頭部にポンと手を置いて、引き留めた。

「えっ？」

意外そうに、振り返るシギュン。

「よいか。俺に二言はない。たとえ、お前が百万リオンの借金を抱えていようが、ひとたび魔下に加えると決めた以上は面倒を見る」

「でも……」

「たかがカネに負けるな」

「イシュト……」

「たしかにデカい借金ではあるが、しょせんは百万だ。俺たち全員で協力すれば、遠からず返済できる。なにを恐れることがある？」

「でも……」

「『でも』は禁止だ。よく聞くのだ、シギュン。ここに一人、図太くて生き汚い道具士がいるのだがな」

イシュトは背後のミラブーカを親指で指し示した。

「なっ、なんですとー⁉」

ミラブーカが素っ頓狂（すっとんきょう）な声をあげたが、イシュトは意にも介さなかった。

「こいつはな、クエスト失敗の弁償金――五万リオンについて黙秘したまま、仲間に加わろうとしたのだ。まったく……なんという図太さか！　それに引き替え、シギュンよ。お前の殊勝な態度――このイシュト、感じ入ったぞ」

「ちょっ、イシュトさん⁉　シギュンさんを引き留めたいって気持ちはわかりますよ！　ですが、そのために、あたしの評価を下げるのはやめてもらえませんか！」

と、ミラブーカが頬をぷっくりとふくらませながら反論した。

「ふっ。別に評価を下げたわけではない。単に事実を述べただけだが？」

「ぐぬぬぬぬっ！」

「そもそも、これからミラブーの評価が上がる可能性はあっても、現時点より下がることはないから安心しろ」

「それって、現時点での評価が最低ってことじゃないですか！」

「事実だからな」

「ふんぬー！　いつも思うんですけど、イシュトさんって、あたしへの風当たりが強い気がするんですけど！」

「ん、そうか？」

「あたしだって繊細な女子なんです！　もう少し、いたわってくれたっていいじゃないですかっ！」

と嘆きつつ、ミラブーカはリッカの胸に顔をうずめてしまった。

「よしよし。大丈夫ですよ、ミラちゃん。ほら、あれですよ、あれ。好きな子ほど、いじめたくなるっていう、照れ屋な男子に特有の……」

「待てリッカ！　それは誤解だ！」

さらに苦言を呈しておきたいところだったが、イシュトは思い直した。

いまはシギュンの将来がかかっているときである。

「よいか、シギュン。本気で夢を追い求めるならば、もっと貪欲になれ。俺たちを利用してやる、くらいの気概(きがい)を持つがいい」

「ほんとに……いいの？」

「ああ、許す。チーム・イシュトの一員として働きながら、鍛冶師になるための方法を模索しろ。そして――いつか俺のために、一振りの剣を打ってみせるがいい。すなわち、俺専用の魔剣だ」

「イシュト……！」

ついにシギュンは涙腺を崩壊させた。ぽろぽろと涙をこぼしながら、イシュトの胸に飛びこんでくる。イシュトは狼狽したものの、その身体を抱き留めてやった。

シギュンの泣き顔を、夕陽が紅く染め抜いている。その幻想的な美しさに、イシュトは思わずドキリとさせられた。と同時に、いまさらながら思い出した。

シギュンがまだ、十歳のお子様であることを――。

「あれー？　事案発生ですかー？」

案の定、ミラブーカが半眼になって、茶化すようなことをいった。

「うるさいぞ！　……まずはギルドに戻るとするか。新メンバーの加入について、エルシィに伝えねばならんからな」

11

「えっ？　シギュンさんをチーム・イシュトに⁉」

イシュトが新メンバー加入の件を告げたとたん、エルシィは瞠目した。

「なにか問題でも？」

「いえ、イシュトさんが納得されているのであれば、なんの問題もありません。ただ、シギュンさんが背負われた借金は、百万リオンになります……以前、イシュトさんは借金がお嫌いだとおっしゃっていましたので」

　エルシィの記憶力に、イシュトは感心した。

「よくぞおぼえていたな。たしかに借金を背負うなど、俺のプライドが許さん。とはいえ、俺はシギュンの夢を応援すると決めたのだ」

「承知しました。それでは、パーティー加入の手続きを進めておきますね。今後は、わたくしがシギュンさんの担当を引き継ぎますので」

　エルシィは微笑した。

「うむ、頼んだぞ」

「まずは借金の完済を目指して、がんばりましょう。幸いにも債権者は当ギルドですし、利息もつきません。無理な取り立てはしませんから、焦る必要はありませんよ。微力ながら、わたくしも返済プランを考えさせていただきますね」

「恩に着るぞ、エルシィ。では、また明日」

「はい、お疲れさまでした」

　イシュトはシギュンを伴って、玄関口に向かった。そこで待ち受けていたリッカとミラブーカに合流すると、外に出る。

すでに街路は夕闇に覆われつつあった。

「よし、今夜はシギュンの歓迎祝いだ！」

イシュトがにやりとして宣言すると、

「おーっ！」

リッカとミラブーカが笑顔で応じた。

チーム全体で大きな借金を背負ってしまったとはいえ、今夜くらいはかまわんだろう、とイシュトは思う。

「おっ……おー」

一呼吸おくれて、シギュンも拳を振りあげたのだった。


——シギュン・アウルヴァング。

レベル3。職業は狂戦士（バーサーカー）。

ノーム族と巨人族の間に生まれた、一風変わった女の子。

まだ十歳ながらも、鍛冶師になるという夢を抱いている。

チーム・イシュトに加わった、新しい仲間である——。

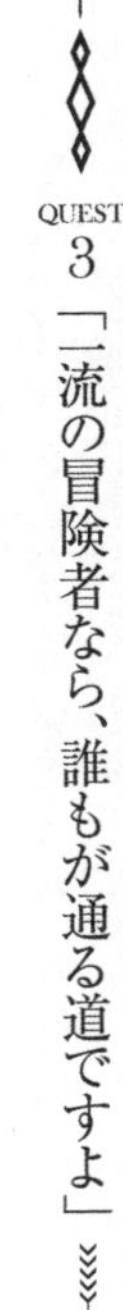

QUEST 3「一流の冒険者なら、誰もが通る道ですよ」

1

宿酒場〈魔王城〉の一階——食堂フロア。

シギュンの歓迎パーティーは、周囲の宿泊客たちも巻きこんで、三時間にも及んだ。

残念ながら、銀狼騎士団から参加したのは、聖獣クルルだけだった。おそらく、ランツェの説教が長引いているのだろう。

当事者のアイリスが説教されるのは当然だが、どうやらルテッサも巻き添えになったらしい。一方、ゲルダはまだ帰っていないようである。こんな時間になっても、王立図書館で調べ物をつづけているのかもしれない。

食堂フロアに設置された柱時計の針が十時を指した頃、パーティーはお開きとなった。

会場に居合わせた客たちが、一人、また一人と、引きあげていく。イシュトたちもまた、重たい腰をあげることにした。

「ふ〜。食った食った。どうだ、シギュン。〈魔王城〉の飯は美味(うま)かっただろう？」

イシュトは宿泊フロアへとつづく階段を上りながら、シギュンに尋ねた。

「ん。牛肉の石焼きステーキ、また食べたい。じゅるり……」

相変わらずの無表情ながらも、ぽんぽんにふくらんだお腹を抱えているシギュンは、見るからに幸せそうだ。

「それにしても、シギュンちゃんの食べっぷりには圧倒されてしまいました」

と、リッカが率直な感想を口にした。

「ですね……見ていてハラハラしましたよ。お腹は大丈夫ですか？」

ミラブーカが心配そうに尋ねたものの、シギュンは平然として答えた。

「ん、大丈夫」

そのまま談笑しながら、イシュトたちは二階に到着した。廊下をしばらく進んで、自分たちの宿泊室にたどり着く。

「ここが俺たちチーム・イシュトの部屋だ。今日からはシギュンの部屋でもある」

「感謝」

シギュンは、こくんとうなずいた。

「そういえば、イシュトさん。シギュンちゃんの寝床は、どうしましょうか？」

とリッカが尋ねてきたので、

「ふむ、そうだな」

イシュトは思案しつつ、リビングの奥にある寝室に足を踏み入れた。

寝室に設置されたベッドは二台。一方をイシュトが占有し、他方をリッカとミラブーカが共用している。

現状、これで特に問題はなかったのだが、さらに一人増えるとなると——。

「ふむ。どうしたものか……？」

イシュトがぼそりとつぶやいたとき、

「あの……イシュト」

と、シギュンが声をかけてきた。

「ん？　なにかアイデアがあるなら、遠慮なくいってみるがよい」

イシュトがうながすと——あろうことか、シギュンは爆弾発言をした。

「シギュン、イシュトと同じベッドで寝る」

「……は？」

「いずれ、夫婦になる。問題ない」

「いやいや！　それはまずいでしょう⁉　ほんとに事案が発生してしまいますよ！」

その場で飛びあがらんばかりに、ミラブーカが主張した。

「おい、俺をなんだと思っている？」

「そもそも、イシュトさん！　いくらチーム・リーダーだからといって、一人でベッドを一台占有するのは、ちょっとズルくないですか？」

「ぐっ……そうか？」

「さすがに、あたしら三人で一台のベッドを使うのは無理がありますし、ただでさえ、リッカさんもシギュンさんも胸が大きいんです！　あたしを窒息死させるつもりですか！」

ミラブーカの勢いに、さすがのイシュトもたじたじとなった。

「まあまあ、ミラちゃん。落ち着いて……」

リッカがやんわりとなだめにかかる。

「うむ……ミラブーのいうことにも一理あるな」

イシュトは思案した。

「それなら、こうすれば――」

シギュンが淡々と申し出た。

一体、なにをするつもりかと思えば――シギュンは片方のベッドを軽々と持ちあげてみせると、もう一方のベッドに密着させたのである。

セミダブルのベッドを二台、ぴたりとくっつけたことで、幅の広いベッドが一台となった。

これなら四人が横並びになっても、なんとかなりそうである。

「ええと……正直、イシュトさんと同じベッドで眠るだなんて、恐れ多いのですが……イシュトさんさえよろしければ、わたしは従いますけど」

まずはリッカが、頬を赤らめながらも賛同したので、イシュトは面食らった。てっきり、反対すると思っていたのだが。

「まあ……あたしらは冒険者パーティーですしね。これから先、一つのテントで一夜を過ごす──なんて機会もあるでしょう。そのたびに照れていては時間の無駄ですし、いっそ予行演習だと思って、同じベッドで寝るのはありかもしれませんね。いっておきますが、あくまでも予行演習ですから！」

意外なことに、ミラブーカまでがシギュンの提案を受け容れた。ミラブーカこそ真っ先に反対しそうなものだと思っていたのだが……。

「しかたあるまい。他に妙案もないし、今夜はシギュンのアイデアを試してみるか」

いまいち納得しきれてはいないものの、イシュトは首肯した。とりあえず、これで寝床の問題は解決したわけだが──。

「ふわあああ～……」

突然、シギュンが大きなあくびをした。あまりに見事なあくびだったので、イシュトもリッカもミラブーカも、思わず微笑を誘われた。

「まだ消灯時刻には早いぞ、シギュン。この〈魔王城〉の美点は、食事だけではない。立派な温泉もあるのだ。いまから入ってきたらどうだ？」

「む～。お風呂、明日にする……」

ゆらり……と、シギュンの身体が揺れたかと思うと、ベッドに突っ伏してしまう。

「おい、大丈夫か？」

イシュトが心配して声をかけると、

「……問題ない。シギュン、いつもは九時に寝る……もう限界………」

そのまま、シギュンは寝入ってしまった。

くー、すぴー……と、穏やかな寝息が聞こえてくる。

「まだ十時を回ったところだが……普段の消灯時刻が九時ならば、しかたあるまい。そういうところは、まさしく子どもだな」

「あの、せめて防具くらいは外してあげたほうがいいと思うのですが……」

と、リッカがおずおずと申し出た。

たしかに、シギュンは防具を装着したまま眠っている。あれでは寝苦しさのあまり、夜中に目が覚めてしまうだろう。

「うむ。起こさぬように、そっと外してやればよかろう。頼めるか、リッカ？」

「はい、喜んで」

リッカはふんわりと微笑んで、シギュンの防具を外しにかかった。

「あたしも手伝いますよ。それと、イシュトさんは向こうの部屋に行っててくださいね？　お子様とはいえ、シギュンさんの身体ときたら……イシュトさんが欲情しないとも限りませんから」

と、ミラブーカが憎まれ口をたたいた。

「おい。十歳の子どもを毒牙にかけるほど、落ちぶれてはいないぞ。ふわあ～……ううむ、俺もなんだか眠くなってきた。いささか飲みすぎたかもしれんな……」

イシュトはシギュンの隣にごろんと寝っ転がった。

ミラブーカがなにやら文句をいってきたような気もするが、まぶたを閉じると、あっという間に眠りに落ちてしまった。

2

……早起きな小鳥たちのさえずりが、窓越しに聞こえてくる。

初夏の微熱がこもった室内には、うっすらと金色の朝陽が射しこんでいるが、まだ薄暗い。

夜は明けているものの、起床にはちょっと早い――そんな時間帯であった。

普段のイシュトなら、まだ熟睡している頃合いだ。

ところが今朝に限って、奇妙な圧迫感と暑苦しさを感じるあまり、目が覚めてしまった。

「う～む。なんなのだ……？」

寝ぼけ眼のまま、ゆっくり起きあがろうとしたイシュトは——ようやく異変の正体に気づいた。

「ぬおっ!?」

思わず変な声が洩れた。

シギュンが、イシュトにしがみついている。昨夜、リッカとミラブーカの手で防具を外された結果、極めて薄着である。半裸といっても過言ではない。

季節柄、互いの肌は汗ばんでいる。むんむんとした熱気が伝わってきた。

「おい、シギュン。この状況は……さすがにまずい。さっさと離れるがよい」

大真面目な口調で命じたものの、

「く～……く～……」

シギュンは熟睡している。

「なんということだ……」

イシュトは困った。

助け船を期待してリッカとミラブーカの様子をうかがってみたが——。

「あうう～……誤爆エルフと……呼ばないでくださ～い……」

「アイテム・マスターに……あたしはぁ……なるのら～……」

二人とも、まだ熟睡している。ベッドの左半分に横たわり、むにゃむにゃと寝言を洩らして

いる始末だった。

「うーむ。そもそも、どうしてこんなことに……ああ、そうか。思い出したぞ。二台のベッドをくっつけて、四人で一緒に寝ることに決めたのだったな。まったく……安易に領土を拡張したせいで、このざまだ」

イシュトは溜息まじりに、シギュンを見やった。

よほど安心感を覚えているのか、まるで自分のすべてをイシュトに預けてしまっているように見える。しかも、成人女性も顔負けの乳房が、イシュトの身体にムギュッと押しつけられている……。

「俺を抱き枕かなにかと勘違いしているのか？」

イシュトは慎重に身体を動かすと、シギュンの腕からそっと抜けだした。おかげで人心地がついた。

「それにしても、反則的な大きさだったな。しかも、あの柔らかさ……あれで十歳だというのだから、魔王もびっくりだ」

イシュトも健康な男子である以上、魅力を感じてしまうのは致し方ない。とはいえ、いくら見た目が大人でも、まだ十歳の子どもである。

「まったく、末恐ろしいお子様だな……」

ぼやきながら、イシュトは寝室をあとにした。

それから二時間ほどが経ち、午前八時を告げる鐘が王都に鳴り響いた頃――。

イシュトたちは〈魔王城〉の一階フロアで、テーブルを囲んでいた。

四人とも朝風呂をすませたばかりなので、綺麗さっぱりしている。

特にシギュンは、頭の先から足の先まで、ぴかぴかに磨きあげられていた。昨日の時点では、いかにも貧乏な冒険者らしく薄汚れていたので、みちがえた感がある。

テーブルには、焼きたてパンや野菜サラダ、新鮮ミルク、大陸南部から伝来したというヨーグルト、食べやすいサイズにカットしたメロン……等々、朝食メニューがずらりと並んでいた。

多額の借金を抱えた身には贅沢すぎる気もするが、腹は減っては戦ができぬという金言もある。たとえ借金に塗れようとも、食事をおろそかにはできない。

それにしても、マイペースで黙々と食事を進め、皿を積みあげていくシギュンとは対照的に、リッカとミラブーカが魂の抜けたような顔をしているのが、気になった。いつもの元気が感じられない。

「おい、どうかしたのか？　風呂を上がって以来、まるで泡の抜けた麦酒みたいな顔をしているではないか」

イシュトが声をかけてやると、リッカが答えた。

「いえ、その……シギュンちゃんの身体に圧倒されてしまいまして。正直、とても十歳だとは……」

「リッカさんは、まだいいですよ。バスト・サイズなら互角なんですから。あたしなんて、身長からなにから、すべてにおいて惨敗だったんです……」

ミラブーカが愚痴をこぼす。

すると、シギュンがぼそりと告げた。

「……ミラブーのウエスト、シギュンよりも太い。とても、立派。シギュンの完敗」

イシュトは思わず、噴き出しそうになった。

シギュンが嫌味をいうような性格でないことは、すでにわかっている。つまり、シギュンは大真面目に、自分が思ったことを口にしただけなのだ。シギュンが育った社会には、独特の価値基準があるようだ。

「……泣いてもいいですか？」

案の定、がっくりと肩を落とすミラブーカ。すっかり食欲を失った様子である。

「おい、ミラブー。なんだかんだいって、俺はお前という道具士を頼りにしている。下手にダイエットを試みたあげく、体調を崩したりしたら承知せんぞ？」

「わっ、わかってますよ！　道具士の健脚スキルをしっかりと生かすためにも、食事はおろそかにできません！　こうなったら——」

その瞬間、ミラブーカの双眸（そうぼう）がぎらりと輝いた。

「自棄食(やけぐ)いじゃあーっ！　シロンさん！　なんでもいいので肉料理を追加してください！」

「はーい、かしこまり～。昨日の牛肉が残ってるから、どんどん焼いてあげるわね」

どこからともなく、看板娘のシロンが現れて、ミラブーカの注文を受けた。

「朝っぱらから牛肉……うむ、望むところだ！」

イシュトも歓喜の声をあげた。

「あの、ところで……イシュトさん？　ちょっといいですか？」

と、ミラブーカが妙に声をひそめて話しかけてきた。なにやらシギュンに聞かれたくない様子である。

「なんだ、ミラブー？」

「実はですね。先ほど、お風呂場でシギュンさんと女子トークをしようとしたんですけど……」

「ふん、それで？」

「シギュンさんってば、まだ子どもの作り方すら知らないくらい、ピュアッピュアな心をしてるんです。正直、おどろきました。いくら十歳とはいえ、あれだけ身体が育ってるんですから、ある程度の知識はあるのかと思っていましたが……」

「ふーむ。ということは、俺と一緒のベッドで寝たがったのも、深い意味はなかったというわけだな」

「ですね。一応、お伝えしときますんで」

「あくまでも、十歳児として接する必要があるようだな……いわば、俺たちは『育児』という新たなクエストを引き受けたわけか」

かつて暗黒大陸を統治していた魔王様といえども、育児は初体験であった。

3

朝食にしては豪華な肉料理を堪能(たんのう)したイシュトたちは、ようやく冒険者としての本分を思い出し、打ち合わせを始めることにした。

なんといっても、新メンバーが加入したばかりである。

昨夜は飲み食いに明け暮れたせいで、真面目な話はなに一つできなかった。いまのうちに話し合って、今後の方針を固めておかねばならない。

「まずはバトルについてだが……シギュンの武器は戦鎚だ。典型的な近接攻撃型だな。となれば、俺と一緒に前衛を務めてもらうことになる。異存はないな?」

「了解」

シギュンは即答した。

「それと、狂戦士化(バーサーク)のスキルは控えたほうがよさそうだな。下手をすると、味方を巻き添えにしかねんし、また公共物を破壊されたらたまらん。ただでさえ、うちのパーティーには誤爆癖のある黒魔道士がいるのだからな」

「ううっ、面目ないです。みなさんにご迷惑をおかけしないよう、修行に励みます……」

悄然として、うなだれるリッカ。

「心配無用。狂戦士、なりたくてもなれないし」

シギュンは淡々と応じた。

「ふむ、それもそうか。ならば、次はシギュンの活動方針についてだ。お前には鍛冶師という夢があるわけだが、そちらの修行は、まったく進んでいないのだったな？」

「肯定」

「弟子入り志願の件はどうなっている？　ノームの里での独学に限界を感じたからこそ、王都に移り住んだのだろう。ならば、まずは師匠を探さねば意味がないわけだが……たしか、どこの工房でも門前払いされたといっていたな？」

「肯定。有名なところ、全部……当たった」

「大手が全滅ならば、次はマイナーな工房に当たるのが筋だろう。心当たりはないのか？」

「わからない。シギュン……まだ王都の暮らしに慣れてないし……」

どうやら情報収集力が欠けているらしいな……と、イシュトは判断した。

手慣れた冒険者であれば、様々な人脈を活用して情報を集めるのだろう。なんなら冒険者ギルドに問い合わせることだってできたはずだ。

ところが、シギュンは世間知らずな子どもだし、コミュニケーションが苦手ときている。ソロ活動のほうが気楽だともいっていた。これでは情報など集まるはずもない。

「あとでエルシィにでも聞いてみるか。なにか耳寄り情報を持っているかもしれんしな」

「ん……わかった」

シギュンは素直にうなずいた。

「よし、大まかな方針は決まったな。まずはクエストを着実にこなしつつ、地道に百万リオンの借金を返すぞ。並行して、シギュンが鍛冶師を目指すことのできる環境を模索する。それと――」

イシュトはいったん言葉を切ると、リッカとミラブーカを交互に見た。

「お前たちの修行も忘れずに進めねばならん。リッカは誤爆癖の矯正。ミラブーは道具士としての基礎力を高めるのだ。二人とも少しは成長したようだが、まだまだ未熟だ。わかっているな?」

「はい！　よろしくお願いします！」

「望むところですよ！」

リッカもミラブーカも元気よく返事をした。モチベーションは高そうである。

良い傾向だな、とイシュトは思った。

4

――冒険者ギルド王都支部。

イシュトがフロアに足を踏み入れるなり、空気がサッと変わった気がした。

どうやら、今朝は新人冒険者のパーティーが多いようだ。イシュトに気づいたとたん、ひそひそと噂話を始めた。

「あの人……冒険者イシュトじゃない？　ほら、例の大型新人」

「すげえ！　俺、生で見るのは初めてだ……」

「あれっ？　たしかチーム・イシュトは三人編成じゃなかったか？　一人、増えてるぞ」

その場に居合わせた冒険者たちの大半が、イシュトたちを強く意識しているのが、ひしひしと伝わってきた。ちらちらと向けられる視線は、敬愛や賛嘆といった心地よいものから、妬みそねみといったネガティブなものまで様々だ。

「なんだか……ものすごく視線を感じますね」

と、リッカがささやいた。

「ま、当然じゃないですか？　あたしらの功績は、伊達じゃないってことですよ」

ミラブーカは得意満面になって、ふんぞり返っている。

「…………」

一方、シギュンは周囲の様子に頓着することなく、黙々とプチ・パンケーキを食べている。王都の名物で、俗に「アリオス焼き」と呼ばれる菓子だ。子どもの間で人気らしい。

先ほど朝食を取ったばかりなのに、もう菓子をつまんでいるシギュン。これには大食いのイシュトでさえ、あきれてしまった。

なにはともあれ——イシュトは受付カウンターに直行した。

「おはようございます、チーム・イシュトの皆さん。お待ちしていましたよ」

と、エルシィが満面の笑みを浮かべて迎えてくれた。

「うむ。今日も世話になるぞ、エルシィ」

「はい、喜んで。それにしても、チーム・イシュトが現れたとたん、冒険者さんたちの様子が一変しましたね」

「そのようだ。正直、これほど意識されてしまうと、背中がむず痒くなってしまうがな」

「ふふっ。一流の冒険者なら、だれもが通る道ですよ」

「そういうものか。ところで、今日は折り入って相談があるのだが」

「はい、承ります」

「実はシギュンの件で、少々尋ねたいことがあってな」

「ひょっとして、シギュンさんの夢——鍛冶師の件についてでしょうか？」

「うむ、話が早くて助かる。実はだな……」

イシュトが事情を説明すると、エルシィは思案顔になった。

「シギュンさんの弟子入りを認めてくれそうな工房、ですか」

「うむ。シギュンの熱意は本物だ。なんとかして、どこかの工房で学ばせてやりたい」

「まだ知り合って間もないシギュンさんのために、そこまで骨を折るなんて……お優しいんですね、イシュトさん」

「べ、別にそういうわけではない。ノームの血を引くシギュンならば、俺専用の魔剣を打てるかもしれん。それだけだ」

イシュトはぶっきらぼうに答えた。

「ふふっ。そういうことにしておきます」

エルシィは微笑むと、なにかを思い出したように、ぽんと手をたたいた。

「そうそう。とある鍛冶師のお孫さんという方が、依頼を出しておられましたよ。ご期待に添えるかどうかはわかりませんが、シギュンさんが王都の鍛冶業界に入門するきっかけになるかもしれません」

エルシィは受付カウンターからフロアに出ると、イシュトたちを掲示板の前に案内した。

今朝は朝食やらミーティングやらで時間を取られたため、すでに掲示板はがら空きである。めぼしい依頼は刈り尽くされ、不人気な依頼だけがぽつぽつと残っている……そんな状況だった。

「すでに他の冒険者が受注したのではないか？」

イシュトが尋ねると、エルシィは苦笑した。

「いえ。だれの注意も引かないようで……現状、問い合わせすら0件です。まだ残っているはずですよ。レベル0のイシュトさんに、ぴったりかもしれませんね」

「無理にこじつける必要はないぞ。それにしても、問い合わせすらないとは……よほど人気のない依頼らしいな。大丈夫か？」

なんだか嫌な予感がした。これだけ多くの冒険者が出入りしているのに、まだ売れ残っているという。なにかしらネガティブな要因があるはずだ。

「ええと……たしか、このあたりに貼られていたはずですが――あっ、これですね！」

エルシィは目当ての依頼票を剝がすと、イシュトに手渡した。

「いかがでしょう、イシュトさん」

イシュトは文面に目を通した。

『鍛冶師の祖父がケイオル山に登るといって出かけたまま、帰ってきません。とても心配です。祖父を捜してもらえませんか？　我が家は小さな工房なので報酬は少なめですが、よろしくお願いします！　詳細は〈ダムド工房〉のユリムまで』

「……ふむ。わざわざ報酬は少なめなどと断っているところを見ると、これが不人気の要因だな。しかも救出対象は老人だという。血湧き肉躍る冒険にはほど遠い、地味な依頼だ」

「身もふたもないことをいわないでくださいね、イシュトさん」

と、エルシィが怖い笑みを浮かべた。

「お、おう」

「不人気の理由は、他にもあるんです。ケイオル山というのは、王都アリオスの南西に位置する霊山なのですが……」

「ふむ。標高はどのくらいだ?」

「当ギルドが作成した資料によりますと、一〇八〇エイルですね。ヒューマン系の初級冒険者の場合、登りに要する時間は二時間半から三時間ほどです。冒険者ギルドが独自に設定した登山難易度は『ノーマル』ですね」

「話を聞く限り、特に危険な山ではなさそうだが」

「ただ、モンスターの出現が確認されています。そこだけは注意してください」

「モンスターか……面倒だな。推奨レベルは?」

「レベル5以上に設定されています。規格外のイシュトさんはともかく、リッカさん、ミラブーカさん、シギュンさんには厳しいクエストになるかと」

「なかなかハイレベルだな。そのような山に、この鍛冶師は一人で登ったというのか? 一体、どんな人物なのだ？」

「わたくしも詳しくは知らないのですが……かつては『名匠ダムド』として知られるほどの腕前だったと聞いています」

「名匠か。心をくすぐる響きだ」

「ですが、最近ではお名前を聞くこともなくなりました。冒険者の装備にも流行り廃りがありますし、新しい技法もどんどん生まれています。なにより名匠ダムドの作品が話題になったのは、三十年以上も前だそうです。いまでは、お年も召されているはずですし……」

「とはいえ、モンスターが闊歩しているような山に単独で挑むほどの男だろう。まだまだ現役かもしれんな。案外、シギュンに技術を教えることだって、可能かもしれんぞ……」

「いかがしますか、イシュトさん？」

「ふむ。高額な報酬こそ期待できそうにないが……俺たちにとっては、意味のあるクエストかもしれんな」

もし〈ダムド工房〉にシギュンが弟子入りできれば、手っ取り早い。たとえ無理だったとしても、相手は「名匠」と謳われたほどの鍛冶師だ。王都の鍛冶業界について、なにかしら有益な情報を与えてくれるかもしれない。

「どうする、シギュン？　この依頼を受けるか否かは、お前次第だ。俺はどちらでもかまわんぞ」

「ん……」

シギュンは菓子の入った袋をしまうと、真顔になった。

「少しでも可能性があるなら、挑戦する」

「その意気や良し。リッカとミラブーはどうだ？」

「行方不明の鍛冶師さんが心配ですし、受けたほうがいいと思います！」

「あたしも異議なしですよ！」

リッカとミラブーカも真剣に応じた。

……というわけで。

イシュトたちは、クエスト「遭難した鍛冶師の救出」を引き受けることになった。

5

「……むう。エルシィが描いてくれた地図によれば、このあたりだと思うのだが」

イシュトは地図を手にしつつ、周囲を見渡した。

冒険者ギルド王都支部を出発したあと、地図に従い西側の街区を目指したチーム・イシュトだったが、ひなびた集合住宅が建ち並ぶ区域に入りこんだとたん、道に迷ってしまった。

この街区は、まるで迷路のように入り組んでいる。ちょっとしたダンジョンのようだ。なにげなく頭上を見あげると、赤い屋根の建物が連綿と連なって、青空を狭くしていた。あちこちにロープが張られ、干された洗濯物が風に吹かれて揺らめいている。

「あっ！　あそこじゃないですか？」

と、リッカが前方を指さした。

見るからに古めかしい、煉瓦(れんが)造りの集合住宅。その一階部分の軒先には、たしかに〈ダムド工房〉と記されている。

「でかしたぞ、リッカ」

早速、イシュトたちは玄関口に足を向けた。ドアノブをひねってみると、扉に鍵はかかっておらず、あっさりと開いた。

足を踏み入れたとたん、鉄と油の匂いがむんむんと漂ってきた。室内には、大鎚(おおつち)や鏨(たがね)などの工具が綺麗に並べられている。壁際の棚には、様々な鉱石が無造作に置かれていた。

鋼を熱するための炉もある。ただし、いまはすっかり冷えきっている。

お世辞にも広いとはいえない工房だった。

名匠の作業場にしては、質素な雰囲気だ。が、確固たる信念を抱く職人が、長い年月を費やして築き上げた牙城といった趣(おもむき)が、たしかに伝わってきた。

「うおっほん！　ユリムとやらはいるか！　この俺が直々に来てやったぞ！」

とりあえず、イシュトは大音声を発した。

「ちょっ、イシュトさん！　相手は依頼主さんですから……！」

あわててリッカが口を挟む。

「む、なにかまずかったか？」

「そんな上から目線だと、依頼主に対して失礼ではないかと……あくまでも、相手はお客さんですから」

「ふむ……それもそうか。考えてみれば、一般庶民の家を個人的に訪ねるような機会など、滅多になかったからな。どうも勝手がわからんのだ」

イシュトは苦笑した。

「まったく、しかたのない人ですね。冒険者になる前は、どんな生活をしていたんです？」

と、あきれてしまうミラブーカ。

「ふっ。大人にはいろいろとあるのだ。野暮なことを聞くでない」

「はいはい。どうせ、ろくな過去じゃないんだろうとは思いますけど」

ミラブーカは肩をすくめた。

「…………」

一方、シギュンはきょろきょろとしながら、工房内の設備に注目している。この工房に、なにか思うところがあるのだろうか。

「あの――どちら様でしょうか？」

と、工房の奥にある扉が開いて、可憐な声が洩れ聞こえた。ほんの少し覗かせた顔は、まだ幼い。ヒューマン系の少女である。

「俺たちはチーム・イシュトだ。冒険者ギルド王都支部に所属している。掲示板を見たのだが、依頼主のユリムはいるか？」

その瞬間、少女は目をまん丸にした。

「わたしがユリムです！」

「なんと……」

イシュトは瞠目した。依頼人がこんなに幼い少女だとは、想像もしていなかったのだ。

「あの、ここはお祖父ちゃんの作業場ですので、応接室……というほど立派なものではないんですけど、ご案内しますね」

やや緊張している様子だが、ユリムの口調ははきはきしており、幼い割にしっかりした印象である。

「それと、置いてある物には触らないでくださいね。お祖父ちゃんにバレたら、叱られ――ああっ⁉」

急に素っ頓狂な声をあげると、その場で固まってしまうユリム。

あろうことか、シギュンが一振りの大鎚を手に取って、まじまじと観察していたのだ。相変わらず寡黙だし、表情も読みとりにくいのだが――相当に興奮しているらしい。

「だっ、駄目ですよ、シギュンちゃん！　ほら、元の位置にもどさなくちゃ！」

リッカが真っ青になりながら、シギュンをたしなめる。

しかし、シギュンは聞いているのかいないのか、ぐるりと周囲を見渡すと、

「ふしぎ。この工房……なんだか懐かしい感じ、する……」

と、つぶやいた。

どうやら、この工房の雰囲気に、なにか思うところがあるらしい。だが、これ以上、勝手にダムドの工具に触らせるわけにはいかない。

イシュトたちは、あわててシギュンの手から大鎚を取りあげたのだった。


その後、イシュトたちは奥の小部屋に通された。事務所として使っている部屋らしい。一応、片隅に応接用のスペースが設けられていた。

「粗茶ですが……」

と断りつつ、ユリムはわざわざ人数分の茶を淹れてくれた。

「ユリムさん、しっかり者なんですね」

と、リッカが称賛した。

「いえいえ……とんでもないです。うちは、お祖父ちゃんとわたしの二人きりなんです。お祖父ちゃんは自由奔放な人ですから、家のことやお客様の対応は、わたしがやらなくちゃいけな

くて……」

「そいつは感心だな。まだ、こんなにも幼いのに……そういえば、年はいくつだ？」

イシュトがなにげなく尋ねると、

「えっと、十歳です」

ユリムは笑顔で答えた。

「十歳だと？」

まじまじとユリムを見つめるイシュト。

「なんていうか、本来の十歳って感じがしますよね」

目を細めて笑うリッカ。

「なんでしょう、この安心感は……！」

ミラブーカに至っては、ホッと胸を撫でおろしている。

それからワンテンポ遅れて、

「同い年……びっくり」

と、シギュンがぼそりとつぶやいた。

今度はユリムがおどろく番だった。

「えっ？　同い年って……どういうことです？」

イシュトは苦笑すると、答えてやった。

「こいつはシギュンという。こう見えて、まだ十歳なのだ」

「えええーっ⁉」

ユリムは大袈裟(おおげさ)に叫ぶと、シギュンをまじまじと見つめた。それはもう、頭の先から足の先まで舐めるようにして。

「おっと、話が逸れてしまったな。早速、本題に入るとするか」

イシュトは真顔でうながした。

6

「ええと。改めまして、ユリム・ラズリと申します。このたびは依頼を受けていただき、ありがとうございます……！」

ユリムはぺこりとお辞儀をした。祖父のサポート役として働いているからだろう、ギルドの受付嬢としても通用しそうなほど礼儀正しい。

「お祖父ちゃんは、わたしにとって唯一の家族なんです。パパとママは、わたしが幼い頃に病気で亡くなったので、ほとんど記憶にありません。わたしの面倒を見てくれたり、家事を教えてくれたのはお祖母ちゃんでしたが……一年前に亡くなりました」

「ふむ。唯一の身寄りが帰ってこないとなると、さぞかし心細かったであろう。ところで、お

前の祖父は名匠ダムドと呼ばれていたそうだが、いまも現役なのか？」

「もちろんです！　もう七十歳を過ぎてますけど、元気一杯ですよ。ただ、お仕事の依頼は減る一方で……しかも、たまに名匠ダムドの名前を覚えている人が訪ねてくれても、依頼によっては、ばっさりと断っちゃいます」

「どうやら、かなり気難しい爺さんらしいな」

「わたしなんかは、お祖父ちゃんがどれほどすごい鍛冶師なのか、よく理解できていないんですけど……ただ、若い頃は世界各地を冒険して、ノームの里に入ることを許されたそうです。そこでノームさんから、いくつかの技術を伝授されたと聞いています」

「そっ……それ、いつの話？」

ガタン、とけたたましい音をたてながら、シギュンが身を乗りだした。「ノームの里」と聞いて、いても立ってもいられなくなったのだろう。

「ヒューマン族の立ち入り、許可したなんて話……聞いたこと、ない」

「ええと、お祖父ちゃんが若かった頃の話ですから、たぶん五十年くらい前のことだと思います」

「ん……。それなら、シギュンが知らなくても、当たり前……」

シギュンは納得すると、浮かした腰を戻した。

「あのう、ノームの里がどうかしましたか？」

ユリムが小首をかしげたので、イシュトは説明してやった。

「おっと、まだいってなかったな。シギュンはノーム族なのだ」

イシュトが教えたとたん、今度はユリムが腰を浮かした。

「ええーっ⁉　わたし、お祖父ちゃんからノームさんのお話をたくさん聞かされていて……大ファンなんです！　でも、まだお目にかかったことは一度もなくて！」

「それは良かったな。念願が叶ったではないか」

「でも……お祖父ちゃんから聞いた話とは、印象がちがいますね？　ノームさんといえば、もっと小柄な種族だと聞いてますけど」

ユリムの反応は予想通りだった。

口下手なシギュンに代わって、イシュトは説明してやった。

「シギュンは珍しい生まれでな。父親がノームで、母親が巨人族。一般的なノームよりも身体が大きいのは、母親の遺伝だな」

「へええ……」

ユリムは興味津々の顔をして、シギュンを見つめた。

「あ……」

と、シギュンがなにかを思い出したように、小さな声を洩らした。

「どうした、シギュン？」

「さっき、工房に入ったとき……とても懐かしい感じ、した。やっと、わかった。ノーム族の工房に……よく似てる」

「そいつは新発見だな」

イシュトは感心した。

「ちょっと、うれしい……。シギュン、ダムドに会ってみたい」

「ああ、会えるとよいな。そのためにも、まずは任務を達成せねばならん。ユリムよ、鍛冶師ダムドが出発してから、今日で何日目になる？」

「ええと……今日で八日目になります。日帰りの予定で出かけたはずが、なぜか帰ってこなくて……翌朝、ご近所の奥さんたちに相談したら、冒険者ギルドに依頼を出すよう勧められました。なにかと忙しい自警団よりも、頼りになるといわれまして。でも、なかなか冒険者さんは来てくれなくて……」

ユリムは瞳を潤ませた。

「ところで、この依頼票によれば——鍛冶師ダムドはケイオル山に登ったそうだが、モンスターが棲息（せいそく）する山らしいな。鍛冶師ダムドは、本当に一人で登ったのか？」

「はい。うちのお祖父ちゃん、本業は鍛冶師ですけど、中級冒険者の資格も持っているんです。ケイオル山くらいのフィールドでしたら、問題なく戦えますよ」

「ほう。たいしたものだな」

「それに、お祖父ちゃんはケイオル山を登るのが大好きで、子どもの頃から登っていたそうです。目を閉じていても頂上までたどり着ける、なんて豪語していましたし」

「中級冒険者の腕があって、なおかつ地形を熟知しているというわけか。それならば、一人で山を登ったのもうなずけるな」

　イシュトは思案した。

　鍛冶師ダムドは、決して無謀な男ではないらしい。ただし、あくまでも七十歳を過ぎた高齢者だ。年寄りの冷や水となった可能性は否定できない。

「あのっ！　一つ聞いてもいいですか？」

と、ミラブーカが挙手した。

「はい、わたしにお答えできることでしたら」

「そもそも、どうしてダムドさんは山登りなんてしたんです？　ただの趣味ですか？　それとも、なにか特別な目的でもあったんでしょうか？」

　たしかに、ダムドが山を登った動機がなんなのか、イシュトも気になった。

　鍛冶師の男が、どうしてモンスターの出没するケイオル山に一人で登ったりしたのか？　単に登山が趣味だというのなら、もっと安全な山が他にあるはずだ。

「それは……あの……確証はないんですけど……」

　ユリムは急に口ごもった。

「情報が多いに越したことはない。なんでもいってみるがよい」

イシュトはうながした。

しばらく逡巡(しゅんじゅん)の様子を見せたユリムだったが、やがて、決然とした表情を浮かべた。

「実は……お祖父ちゃんが目指したのは、〈古竜の棲家(すみか)〉かもしれません」

突拍子もない単語が飛びだしたとたん、イシュトたちは沈黙した。話が急に飛躍したように感じられたのだ。

ユリムは説明を始めた……。

7

昔々——それはもう、千年も前のこと……。

ケイオル山において、ヒューマン族が鉄の鉱脈を発見した。

瞬く間に、そのニュースは周辺の都市に知れ渡った。

鉄は極めて重要な素材だ。

かつては石器が主要な道具を占めていたが、人類が鉄を発見して以来、状況は一変した。

石器時代から、鉄器時代へと移り変わったのである。鉄器の普及により、文明のレベルは飛躍的に上昇した。

ケイオル山において、新たな鉱脈を発見した人々は狂喜乱舞し、どんどん山を掘り進めていった。採取された鉄鉱石は極めて良質で、武器や防具、工具、生活用品……等々、様々な道具の素材として活用された。

しかも、ごくわずかながらも、極めて純良な魔鉄鉱も採掘された。

魔道具の素材として、ケイオル産の魔鉄鉱は高値で取り引きされた。

たちまちケイオル産の鉄は大陸全土で評判となり、需要が急増した。人々は、さらに山を掘り進めていった。

坑道は拡大の一途をたどり、ついにはダンジョンの様相を呈するまでになった。

やがて――ひときわ堅牢な岩壁に突き当たった坑夫たちは、宮廷魔道士の力を借りることで破砕に成功、未知の領域へと踏みこんだ。

岩壁のむこうには、なんと天然の大空洞が広がっていた。

そこは――竜の巣だった。

しかも、そこに棲みついていた竜は、古代から生き延びてきた長命種だったという。

それゆえに、その大空洞を、人々はこう呼んだ。

――〈古竜の棲家〉と。

ユリムがそこまで説明すると、イシュトは感嘆の声を洩らした。

「なんとも浪漫のある話だな。しかも、魔鉄鉱まで絡んでくるとは」

「このドラゴンはとても賢くて、人々と会話ができたんです。人々は、このドラゴンと盟約を結びました。ドラゴンに敬意を表して、これ以上の採掘はしないという約束です。その結果、鉱山は閉鎖されたのでした――というのが、王都アリオスに残っている伝説です」

「……む？　なんだ、実話かと思いきや、伝説だったのか」

イシュトは脱力した。

「ええ、まあ……どこまでが事実なのかは、よくわかりません。歴史の本によりますと、良質な鉱脈が発見されたことや、人々が次から次へと掘り進めたこと、そして最終的には、坑道の入口が封鎖されたこと……これらは歴史的事実です。ただ、人々が採掘をきっぱりと断念したのは、単に良質な鉄鉱石を掘り尽くしてしまったからじゃないか――というのが定説です」

十歳児とは思えぬほど流暢(りゅうちょう)に、ユリムは説明した。よほど好きな伝説なのだろう。

「ふむ。欲望の赴くままに採掘をつづけた結果、鉱脈が尽きてしまった。とはいえ、それでは夢がない。そこで、浪漫あふれるエピソードが生み出された……そういうわけか」

「だと思います。ただ……一度だけ、お祖父ちゃんが酔っぱらったときに、こんな話を聞かせてくれたことがありました。あの伝説は真実で、ケイオル山の大空洞には、いまもドラゴンが棲んでいるんだって。そのドラゴンとお祖父ちゃんは、お酒を酌み交わすほどの仲良しで……お祖父ちゃんがお酒を持って訪ねると、鉄鉱石をお裾分けしてくれるそうです。鉱脈の大半は尽きてしまったけれど、〈古竜の棲家〉にはまだ残っているんだとか……」

「それは興味深いな」

　イシュトがつぶやいたとたん、

「酔っぱらいの戯言じゃないんですか？」

と、ミラブーカが懐疑的な目つきで指摘した。

「ちょっ、ミラちゃん！　言い方……！」

　リッカがおろおろしながら、たしなめる。

「たしかに、あのときのお祖父ちゃんはべろんべろんに酔っぱらっていました……でも、工房の事務仕事を任されるようになってから、気づいたことがあるんです。お祖父ちゃんが鉄を購入したという記録が、一つも見あたらないんです。その一方で、精錬所には頻繁に依頼を出していて……」

「それって、どういうことです？」

　リッカが小首をかしげた。

「つまり、お祖父ちゃんは必要に応じて、どこかから無料で鉄鉱石を手に入れていた――と考えられます。鉄鉱石は、そのままでは素材として使えませんので、精錬所に依頼しなければなりません」

「ふむ……」

「それと、お祖父ちゃんはケイオル山を登るとき、必ず大きな酒樽を持って行くんです。もしかしたら、本当にドラゴンさんとお酒を……」

「うーん。いくらなんでも、ヒューマンとドラゴンがお酒を酌み交わすとか、鉄鉱石を分けてもらうとか、お伽噺としか思えませんよ。ユリムさんを喜ばせるために、創作したんじゃないですか？」

と、ミラブーカが現実的な意見を述べた。

「でも、そうすると……ダムドさんがどうやって鉄鉱石を仕入れていたのか、説明がつかなくなりますね？　それに、わざわざ山を登るのに、酒樽を持参するなんて……ちょっと不自然な気もします」

リッカが慎重な顔つきをして、つぶやいた。

「とりあえず、ダムドがどうやって鉄鉱石を仕入れていたのか――そんなことは、本人の口から直接聞かねばわかるまい。ただ、ダムドと鉱山との間に、なにか強い関連性があるのはたしかだろう。古竜とやらが実在するか否かはともかく、その坑道が臭うな。いまの話は、ダムドを捜し当てるための手がかりになるかもしれんぞ」

「少しでもお役に立てたなら、良いのですが……」

ユリムは控えめに微笑んだ。

「ところで、ユリム。報酬の件だがな」

ここでイシュトは現実的な話題に切り替えた。

「あうう……ご覧の通り、うちは貧乏工房ですから、ご期待に添えるかどうか」

たちまち、ユリムはしょぼんとした。

「案ずるな。条件によっては、タダでもかまわん」

「へっ⁉　あの……条件というのは……？」

「うむ。無事にダムドを連れ帰った暁には、シギュンを〈ダムド工房〉で使ってやってほしいのだ。むろん、見習いだから給料は要らん」

「つまり、シギュンさんをお祖父ちゃんの弟子に……ということですか？」

ユリムは意外そうな顔をして、シギュンを眺めやった。

「その通りだ。シギュンは鍛冶師になるという夢を抱いていてな。鍛冶の師匠を探しているのだ。ほら、シギュン。お前からも、なんとかいったらどうだ？」

イシュトがうながすと、

「よ……よろしく、お願いする」

シギュンはぺこりと頭を下げた。それっきり、黙りこくっている。

「ちょっと、シギュンさん？　それだけでいいんですか？」

「がんばってください、シギュンちゃん……！」

ミラブーカとリッカが声援を送る。

「う……うまく、いえない。だけど、鍛冶師になりたい。この気持ちだけは、本当」

なんとも不器用な話しぶりだったが、シギュンの真剣さはたしかに伝わってきた。

やがて——ユリムが遠慮がちに口を開いた。

「ええと……昔から、お祖父ちゃんは『弟子はとらない主義だ』といってましたし、とても頑固な人ですから、承諾してくれるかどうかはわからないんです……」

「やはり一筋縄ではいかん人物らしいな」

「ですが、わたしからもお願いしてみます。お祖父ちゃん、わたしにだけは甘いですから。それだけは約束します！」

「よし、交渉成立だな。早速、俺たちはケイオル山に登るとしよう。俺たちがダムドを連れ帰るまで、いい子にして待っているんだぞ」

といって、イシュトはユリムの頭を優しく撫でてやった。

「はい……」

ユリムは頬を染めると、撫でられるがままになっている。

そんなユリムを目の当たりにして、シギュンが物欲しげな顔をした。

「なんだ、シギュン。そんなに撫でられたいのか？」

イシュトは思わず笑みをこぼした。

「ん、肯定」

シギュンは素直にうなずいた。

「しかたないな。こっちに来るがよい」

イシュトはもう一方の手で、シギュンの頭も撫でてやった。

「ん……うれしい」

シギュンは大満足といった顔をしているが、イシュトとしては違和感を拭えない。まるで大人の頭を撫でているような感があるのだ。

そんなふうに、二人の女児の頭を同時に撫でていると——ミラブーカが、あきれたように口を挟んできた。

「イシュトさん、女児にモテモテですね」

「人聞きが悪いぞ、ミラブー。お前も撫でられたいのか？」

「こっ、子ども扱いしないでくださいっ！　ほら、さっさと行きますよ！」

そんな一幕を経て、イシュトたちは〈ダムド工房〉を辞したのだった。

QUEST 4「イシュトって女難の相があるんじゃない?」

1

まずは登山に必要な物資を調達すべく、イシュトたちは道具屋を目指した。

目的の店舗――〈銀の子豚〉は、ミラブーカの一押しだ。

キャッチ・フレーズは「痒(かゆ)いところに手が届く激安ショップ!」

イシュトが見たところ、商品を大量に仕入れることで、他店には真似のできない価格設定を実現しているようだ。

今日も店内は活気に満ちている。所狭しと並ぶ棚。あちこちに積みあげられた商品。おそろしく狭い通路。冒険者たちが発散する汗の臭(にお)い……。

「うーむ。この雰囲気には、どうも慣れんな」

イシュトはげんなりとした。

「いいじゃないですか! あたしらみたいな貧しい冒険者にとって、こんなにありがたい店はないですよ！」

と、ミラブーカが力強く主張する。

「貧しい冒険者か……」

事実、チーム・イシュトの財政は芳しくない――どころか、シギュンがこしらえた借金の件もある。贅沢はいっていられない。

「まあ、そうだな――」

イシュトが渋い顔でつぶやいたそのときだった。

「あっ！　ミラちんだー！　それにイッシーにリッカさんも！　いらっしゃーい！」

現れたのは、可憐なエルフ娘だった。

たしか、名前はミゼットだったな……とイシュトは思い出した。

初対面のときからイシュトを「イッシー」などと馴れ馴れしく呼んできた、やたらとハイテンションな店員だ。ミラブーカと仲が良いらしい。

「……あれ、一人増えてる？」

と、ミゼットはシギュンに目を留めた。

「ああ、こいつは新しい仲間だ。シギュンといってな」

「へえ～、王都じゃ珍しい名前だねー……あれっ？　もしかして、アイリスさんと路上で決闘したっていうハンマー使い……？」

「当然だよー！　商店街のあちこちを派手にぶっ壊したんだから！　まあ、この地区は無事だったから、うちにとっては対岸の火事だったんだけどね――って、ちょっとちょっと！」

　突然、ミゼットは血相を変えた。

「それ商品！　売り物だからー！　食べるなら、ちゃんとお金を払ってからにしてくんないと困るよー！　んもう！　身体はおっきいのに、まるで子どもみたい！　ちょっと、イッシー？　チーム・リーダーなら、ちゃんと教育してあげないとダメだかんねっ！」

　事実、シギュンは売り物の乾パンを勝手に手に取って、もぐもぐと咀嚼していた。

「ん……あんまり、おいしくない」

　しかも、不平を洩らしている。

　イシュトは嘆息した。

「落ち着け、ミゼット。カネは払うから心配するな。ああ見えて、シギュンはまだ子どもなのでな。あとで俺のほうから、ちゃんといい聞かせておく」

「へっ？　子どもって、どういうこと？　あんなに色っぽいお姉さんなのに」

　ミゼットは目をぱちくりさせた。

「身体はデカいが、十歳のお子様だ」

「十歳⁉　いやいや、嘘だよねっ？　嘘だといってよイッシー！」

ミゼットは涙目になっている。自分の控えめな胸と、シギュンの見事な双丘を比較して、落ちこんでしまったようだ。

いい加減、このパターンにも飽きてきたぞ……とイシュトは思った。世の貧乳女子たちには、もっと自信を持ってほしいと思うのだが。

「ところでイッシー。これからクエスト？」

「ああ、そうだ。ケイオル山で遭難者の捜索をすることになってな」

「あれっ？　ケイオル山っていえば……」

と、ミゼットが小首をかしげた。

「どうした？」

「ついさっき、ケイオル山から帰ってきたばかりの冒険者さんと話してたんだけどさー」

「おお、そいつはタイムリーだな」

「その冒険者さんたち、素材採集のクエストを受注して、三日間ほど山籠(やまご)もりしてたんだって。でもね、突然、アンデッド系モンスターに遭遇しちゃったらしいの！」

「アンデッドとな？　そんな話は俺も聞いていないが……」

イシュトは眉をひそめた。

そんな物騒なモンスターが出現するとわかっていれば、事前にエルシィが注意してくれたはずだ。もしかしたら、まだ冒険者ギルドですら把握できていない、最新情報なのではないだろうか。以前、サボイム湿原で大型のレプティリスに遭遇した例もある。

「もちろん、彼らはアンデッド対策の道具なんて持ってなかったから、やむを得ず撤退したんだって。変な話だよねー」

「なにやら、きな臭い話になってきたな」

アンデッド系モンスターといえば、イシュトが生まれ育った暗黒大陸でも確認されていたので、予備知識ならあった。

アンデッドを確実に倒そうと思ったら、浄化して昇天させる必要がある。そのためには、浄化系の白魔法を使うか、聖水を使う必要がある。あいにくチーム・イシュトに神官や白魔道士はいないので、ここは聖水に頼るしかないだろう。

ちなみに、魔族であるイシュトは聖水が苦手だ。むろん、イシュトのような最上位魔族ともなれば、聖水でダメージを被ることはない。が、心理的な抵抗感は否めない。とはいえ、好き嫌いをいっている場合ではないだろう。

「おい、ミゼット。アンデッド対策といえば、やはり聖水だ。売っているか？」

「うーん、残念！　聖水は光明神リュミエリス系の神殿や教会に行かないと買えないんだよねー」

「なに？　そいつは不便だな」

「それにね、神殿で売られてる聖水って、めっちゃ高いよー。しっかり稼いでる上級冒険者でさえ、躊躇するレベルだから」

ミゼットは、あっけらかんと断言した。

「ぐぬぬ……神に仕える身でありながら、阿漕なことをするものだな」

イシュトが歯噛みしていると、

「――ふっふっふ」

突然、ミラブーカが不敵に笑いつつ、進み出た。なぜだか自信満々の顔をしている。

「実はですね、知る人ぞ知る裏技があります。空き瓶さえあれば、聖水をいくらでも量産できる裏技ですよ！」

「本当か、ミラブー？　早速、その裏技とやらをいってみろ」

イシュトはわくわくしながら、うながした。

「ふっふっふ。耳の穴をかっぽじって、よく聞いてください。妖精族が排出する液体……まあ、ぶっちゃけてしまうと、おしっこなんですけどね――」

「は？」

「あれって、聖水としても使えるんですよ！　しかも妖精族といえば、うちのパーティーには二人もいます！　まあ、リッカさんもシギュンさんも混血ですから、厳密には半妖精ですけど、そこは気にしなくても問題ないでしょう！」

「おい、ミラブー。それは本気でいっているのか？」

「本気も本気！　さあ、リッカさんにシギュンさん！　ここは一つ、パーティーのために一肌脱いでください！　ちょうど、ここに手頃な空き瓶もありますから！」

ミラブーカは愛用のバッグを開くと、小型サイズの空き瓶を二本、取り出した。自信満々の顔をして、リッカとシギュンに迫る。

「ええっ⁉　ちょっ、あのっ……いくらパーティーのためとはいえ、それは……いくらなんでも恥ずかしいです！」

リッカは耳の先端まで真っ赤に染めながら、じわじわと後退していく。

「ん……リッカに同意」

シギュンもリッカに同調したものの、一呼吸置いてから、ぽつんと付け加えた。

「でも、イシュトが望むなら……あげてもいい、かも」

そこまで口にしたとたん、シギュンはカアアッと頬を赤くした。

「おいシギュン！　いちいち俺に委ねるんじゃない！　というか、その台詞は誤解を招きかねん！」

「ふっふっ。聞きましたか、イシュトさん！　意味深な表現はともかく、シギュンさんの言質を取りましたよ！　シギュンさんの説得、お願いします！」

「そんな頼みがあるかっ！　事案発生だ！」

「さあ、残るはリッカさんです！　一人分では心許ないので、是非とも協力を！」

じりじりとリッカを追いつめるミラブーカ。いまや道具士というよりも、猟師の顔つきになっている。

空き瓶を手にして、可憐なハーフエルフに小水を提供しろと迫る道具士……その状況はあまりにも異常で、周囲の客たちも「なんだなんだ？」と注目し始めていた。

「無理！　絶対無理です！　恥ずかしすぎて一万回は死ねますっ！」

リッカが泣きながら店の外に逃げだそうとした、まさにそのときだった。

「あの～、ミラちん？　ちょっといいかな？」

突然、ミゼットがにこにこしながら、ミラブーカの肩にポンと手を置いたのである。

「なんですか、ミゼットさん？　いま忙しいんですから、邪魔しないでください」

「いや、だからねー。妖精族のアレが聖水の代わりになるっていう、例の話なんだけど」

「へえ。ミゼットさんも知ってたんですか？　さすがは道具屋のカリスマ店員――っていうか、いまさらですけど、ミゼットさんは純血のエルフじゃないですか！　もしかして、あたしのために一肌脱いでくれるんですか⁉」

「まあ、大好きなミラちんのためだもん。協力したいって気持ちはあるけど」

「それじゃあ……！」

「あの話ってさ、迷信だから」

「へっ？」

ミラブーカはぴたりと動きを止めた。

「迷信……って、どういうことです？」

「一昔前、大流行したデマだよ。実際に、王都の冒険者たちが実験してみて、まったく効果がないって判明しちゃったんだよねー。冒険者ギルドに聞けば、教えてくれるはずだよ」

「…………」

いまやミラブーカは硬直したまま、だらだらと脂汗を流している。

「やーん、そんな嘘を無邪気に信じこんでたなんて……ミラちんったら、かーわいいっ！　あたしね、そんなミラちんが大好きだよっ！」

「うあああああっ……！　あたしとしたことが――一生の不覚ーっ！」

今度はミラブーカが羞恥心に身を焦がす番だった。

2

「どんまいミラちん！　また来てねー！」

ようやく買い物を終えたイシュトたちは、ミゼットのきらきらとした笑顔に見送られながら、道具屋〈銀の子豚〉をあとにした。

購入したアイテムのうち、携帯糧食や回復薬などの細々としたものはミラブーカのバッグに収納し、簡易テントなどの野営道具については、残る三人で分担することになった。

「それにしても、欺瞞情報に踊らされるとは情けない。今回は笑い話ですんだが、これが戦時中であれば一国の命運に関わるぞ？」

と、イシュトはミラブーカを諭した。

「ぐっ。今回ばかりは、完全にあたしのミスです」

ミラブーカはしおらしい態度を見せた。

「ふう……一時はどうなることかと思いましたけど、もう気にしてませんから。偽の情報が出回ることって、たまにあるんですよね。わたしも何度かだまされたことがありますし」

と、微笑で応じるリッカ。根に持たないところはリッカの美点であろう。

「…………」

一方、シギュンは黙々と、入手したばかりの薫製肉を齧っていた。すでに食欲のほうが大事らしく、先ほどの珍事など気にも留めていないらしい。剛胆というか、なんというか。

ふと、イシュトは空を見上げた。

燦々と輝く太陽が、ちょうど頭上に位置している。

地図によれば、王都からケイオル山までは徒歩で約三時間を要する。昼食は歩きながら、携帯糧食ですますことになりそうだ。

一方、ミゼットが教えてくれた情報も気になった。

本当にアンデッドが出没するならば、慎重に行動せねばならない――。

「あ……イシュトだ」

と、鈴を転がすような声がした。

唐突に名前を呼ばれたイシュトは、ハッとして、そちらに視線を向けた。

白銀の乙女――アイリスが、こちらに歩いてくるところだった。

銀色の雫が滴るような、幻想的な少女騎士――といいたいところだが、今日はフル装備ではない。まだ整備が終わっていないらしく、聖剣や胸甲は装備していなかった。

「おお、アイリス。奇遇だな――」

イシュトが応じた直後、

「…………」

シギュンが無言で前に出た。

じっと見つめ合う、アイリスとシギュン。

そういえば、この二人は決闘したばかりだったな――とイシュトは思い出した。

しかも、途中でルテッサが介入したため、まだ勝負はついていないのだ。

消化不良に終わった決闘――あれ以来、この二人が顔を合わせるのは初めてだった。

一触即発かと思われたが、

「あの……この前は、ごめんなさい」

突然、アイリスが頭を下げた。

「狂戦士のあなたと、どうしても立ち会ってみたくて……でも、あんな大事になるなんて思ってなかったし、まだ十歳のあなたに借金を背負わせたことが、心苦しくて……」

「こっ、こちらこそ、ごめん……なさい」

シギュンもまた、ぺこりと頭を下げた。

「バトル中の記憶、あんまりないけど……でも、わかる。あちこち壊したのは、シギュンで……アイリス、ほとんど壊してない。なのに、弁償金は半分ずつ……」

どうやら、互いに「申し訳ない」という気持ちを抱いていたようだ。

「じゃあ、仲直りだね」

アイリスが微笑すると、シギュンはこくんとうなずいた。

「肯定。恨みっこなし。だけど……」

「だけど?」

「イシュト、シギュンの旦那様。そこは譲れない」

怖いくらいの無表情ながらも、シギュンはずばりと断言した。

「そ、それって、もう確定事項なんだ……?」

呆気にとられるアイリス。

シギュンが十歳の子どもであることや、イシュトに執着する理由については、アイリスもすでに承知している。どう反応してよいものやら、困っているのだろう。

「ん。確定事項。一緒のお布団で寝た仲」

「えっ……!?」

アイリスが愕然として、イシュトを見た。イシュトは焦った。

「うおっほん！　誤解するなよ、アイリス。なにもやましいことはないからな？　一緒に寝たのは事実だが、リッカとミラブーも一緒だったのだし――」

「ちょっと待って。三人の女子と一緒に……!?」

アイリスは全身から湯気が噴きだしそうなほど、真っ赤になった。

「そっ、そういう意味ではない！　変な誤解をするなっ！」

まずはアイリスの誤解を解くべく、イシュトは説明する羽目になった。


ようやくアイリスが落ち着いてくれたので、イシュトは話題を変えた。

イシュトはアイリスの後方を見やった。

「ところで、アイリス。お前の連れだが……」

聖獣クルルが大人しく控えている。

その背に乗っているのは、魔女ゲルダだった。

どういうわけか、今日のゲルダはぐったりとして、やつれている。

普段であれば、イシュトを目の当たりにしたとたん、さりげなく警戒するそぶりを見せるのだが——見るからに憔悴しているのだ。なにか訳ありのように見えた。

「一体、そのチビっ子はどうしたのだ？　いつもなら『事案発生』とかなんとか、憎まれ口の一つもたたいてくるのだがな」

イシュトが指摘すると、アイリスは微苦笑を浮かべた。

「ゲルダが王立図書館で魔女ブリガンについて調べているって話、したよね？」

「ああ。それなら聞いた」

「実は不眠不休で、しかも食事も取らずに、調査に没頭していたんだって。さすがに限界が来て、いったん帰ろうとしたんだけど……図書館前の路上で眠りこんでしまったの。ゲルダを保護した近衛騎士団から連絡があって、わたしとクルルが迎えに行ったというわけ」

「なんだ。ただの行き倒れではないか。変質者に拾われなくて、本当に良かったな」

イシュトはあきれた。

「ううっ。ゲルダとしたことが……一生の不覚です……」

聖獣クルルの背にしがみつきながら、ゲルダは目を回してしまいそうな顔をしている。普段は超然と構えているくせに、案外、ドジな一面もあるらしい。

イシュトは思わず笑った。

「ふっ。まさか〝一生の不覚〟とやらに二度も遭遇するとはな。妙な日もあったものだ」

「……？」

小首をかしげるアイリス。一方、ミラブーカがこっそり頰を赤らめたのを、イシュトは見逃さなかった。

「いや、こちらの話だ。ふむ……魔女ブリガンの調査結果についても気になるが、いまは急いでいるのでな。話は帰ってから聞かせてもらおう」

「そっか。これからクエストなんだね」

イシュトたちの装備を見て、アイリスは納得の表情をした。

「フィールドはどこ？」

「ケイオル山だ」

「ああ、あの山……」

「詳しいのか？」

「何度も攻略したことがあるよ。モンスターの討伐？　それとも、素材の採集？」

「どちらでもない。遭難者の探索だ」

「遭難者？　最近では、冒険者を護衛として雇うサービスも充実してるよ。準備さえ怠らなければ、ケイオル山で遭難するなんて、まずないと思うけど」

「とある鍛冶師の爺さんが、単独で登ったという話だ。年寄りの冷や水とは、まさにこのことだな」

「そう……無事だといいけど」

「うむ。それと、これは道具屋で仕入れた最新情報なのだがな。なんでも、ケイオル山にアンデッド系モンスターが出現したらしい」

「アンデッド？　そんな話、聞いたこともないよ」

アイリスは怪訝そうな顔をすると、背後の魔女を振り返った。

「ゲルダは聞いたことある？」

「いえ、初耳です。そんなことよりも、早く帰りましょう……ホームのベッドでぐっすり眠りたいです……」

ゲルダは自分のことで精一杯のようだ。

「アンデッド対策はできてるの？　イシュトだけならともかく……」

アイリスは心配そうな顔をすると、リッカ、ミラブーカ、シギュンの顔を眺めた。

個性豊かではあるものの、三人とも新米に毛が生えたようなものである。

「うむ。一応、アンデッド対策について考えてはみたのだがな。聖水は値段が高すぎて買えんらしいし、どうしたものかと思っていたところだ」

「それなら――わたしも一緒に行く」

突然、アイリスが真剣な表情で申し出たので、イシュトは面食らった。

「本気か、アイリス？」

「うん。ケイオル山にアンデッドが出現するなんて、異常事態だよ」

「だが、聖水はないのだぞ？」

「たとえ聖水がなくても、攻撃と撤退を繰り返すことで、なんとかなるものだよ。そのためには、パーティー全体の手数を増やさないとね」

アイリスの言葉は、理に適っていると思えた。

アンデッドに一定のダメージを与えると、一時的に戦闘不能状態となる。その間に移動してしまえば、先に進めるというわけだ。アイリスが加われば手数が大幅に増えるので、たとえ大勢のアンデッドに囲まれたとしても、なんとか対処できるだろう。

ただし、一つだけ懸念があった。

「だが、聖剣がなくてもよいのか？　まだ整備中なのだろう」

イシュトが指摘すると、

「問題ないよ」

アイリスは腰に帯びていた短剣を抜いた。

「宝剣グラム。護身用だけど、メインの武器としても使える業物だよ」

その刀身を目の当たりにしたとたん、イシュトは思い出した。

シギュンとの決闘でも使っていた、あの短剣だ。戦鎚ミョルニルを受け止めても、びくともしなかったので、性能は申し分ない。

「ですが、アイリス――」

と、ゲルダが口を挟んだ。

「たしかにアンデッドの件は気になりますが、イシュトがいれば、なんとかなるでしょう。わざわざ、あなたが加勢しなくても……」

「でも、目的は人捜しなんだよ？　人手が多いに越したことはないと思う。ケイオル山には慣れてるから、道案内だってできるし」

アイリスは微笑した。表情こそ穏やかだが、決意は固いようだ。

「ふう……しかたありませんね。ランツェとルテッサには、ゲルダから伝えておきます」

やむを得ず、ゲルダは折れた。

「あ、それと……ゲルダに一つ、お願いがあるんだけど」

「なんですか？」

「わたしとイシュトたちを、ケイオル山の登山口まで転送してくれると助かるんだけど」

「こんな状態のゲルダに……転送魔法を使えと？」

ゲルダは露骨に迷惑そうな顔をした。

「単に図書館で働きすぎただけで、魔力は充分に残ってるよね？」

アイリスは微笑んだ。

「鬼ですか、あなたは？　魔女使いが荒いというか……」

ゲルダは嘆息すると、クルルの背中に顔をうずめてしまう。
それでも――結局は、アイリスの微笑に押し切られたのだった。

話が決まるやいなや、イシュトたちは王都アリオスの外に出た。街中で転送魔法を使うのは、法律で禁止されているからだ。

「このあたりでいいでしょう」

城壁からも街道からも離れた、目にも鮮やかな草原に移動すると、ゲルダは聖獣クルルに停止するよう指示した。

「それでは開始します。そこに整列してください」

ゲルダが杖で指し示した位置に、イシュトたちは横一列に並んだ。

「光明神リュミエリスよ……生きとし生けるものに恵みの光をもたらす、偉大な神よ……我が願いを聞き届けたまえ。開門せよ……この者たちをケイオル山の麓へ導け――ゲート・オブ・ディメンション」

ゲルダが唱えた呪文が、抜けるような青空に吸いこまれていく。

たちまち、イシュトたちの眼前にゲートが開いた――。

イシュトたちを見送ったあと、ゲルダは小首をかしげた。

「あれ？　ケイオル山といえば、なにか大事なことを忘れているような……」

あいにく、すでに数百年を生きているゲルダの記憶力は、かなり怪しくなっている。必要な情報が、なかなか出てこない。

そもそも、ただでさえ疲労困憊（こんぱい）していたのに、先ほどの転送魔法で魔力を消耗したことで、ますます疲れてしまった。

いますぐホームに帰って、温かいベッドで眠りたい……。

「帰りましょうか、クルル。寄り道せずに、まっすぐ〈魔王城〉を目指すのですよ」

「うぉん！」

聖獣クルルは威勢よく吼（ほ）えると、ゲルダを乗せたまま駆けだした。

3

あっという間に、イシュトたち五名は登山口の正面に転送されていた。

「ふわあ……ほんとに、一瞬でケイオル山の麓（ふもと）に着きましたよ！」

「すっ、すごすぎです！　あたし、転送魔法で移動したのは初めてですよ～！」

「シギュンも……びっくり」

リッカ、ミラブーカ、シギュンは、転送魔法そのものに驚愕している。彼女たちにとっては、初めての体験なのだから無理もない。

山麓の周辺は、深緑に充ち満ちている。だが、大自然の威容に挿入された異物のように、建物の残骸が連綿と連なる一帯があった。

「あれはなんだ？」

と、イシュトはアイリスに尋ねた。

「鉱山町ケイオルの跡だね。かつては大賑わいだったそうだけど、千年以上も前に鉱山が閉鎖されたことで、廃墟になったの」

「ユリムから聞いた伝説と一致するな。それにしても、千年も昔の遺跡とは……面白そうだが、いまは先を急がねばならん」

イシュトは仲間たちをうながすと、登山口に向かった。歩きながら、てきぱきと仲間たちに指示を送る。

「まずは正規の登山ルートをたどりながら、鍛冶師ダムドを捜すぞ。ダムドの所持品が落ちている可能性もあるから、足元にも注意しろ。それと、これは俺の勘だがな……閉鎖されたという鉱山が、どうも気になる。まずは、鉱山の入口まで一気に登るとしよう」

「それなら三合目だね。いまは固く封鎖されているから、なかには入れないけど……それでもいいの？」

アイリスの問いかけに、イシュトはうなずいた。

「うむ。とりあえず、ダムドの痕跡がないかどうか調べてみるぞ」

チーム・イシュトにアイリスを加えた臨時編成パーティーは、いよいよ登山を開始した。

夏の虫が、ひっきりなしに鳴いている。耳に突き刺さってくるかのようだ。

一合目は、鬱蒼と生い茂る樹林帯となっている。幅が二エイルほどの山道には、大きな石がごろごろと転がっているので、注意が必要だ。幸いにも、冒険者用の靴には登山靴としての機能も備わっているので、問題なく登ることができた。

なお、集団で登山するときは、縦一列で行動するのが定石だという。

それに従い、イシュトたちは一列で行動することにした。

道案内を務めるアイリスを先頭に、シギュン、リッカ、ミラブーカの順につづく。殿はイシュトである。モンスターによるバックアタックに備えての配置であった。背後から不意打ちを食らった場合、道具士のミラブーカでは支えきれないし、大切なバッグを奪われたり落としたりしたら大変だ。

もっとも、まだ一度もモンスターには遭遇していない。気配は感じ取れるのだが……どういうわけか、こちらに近寄ってこようとしないのだ。

「これはこれでラッキーですけど、なんだか拍子抜けしてしまいますね。てっきりレベル5相当のモンスターが、次々と襲いかかってくるのかと思っていましたけど」

すぐ前を行くミラブーカが、ふしぎそうにつぶやいた。

「たぶん、イシュトさんのおかげだと思います」

遠慮がちに告げたのは、リッカである。

「俺の？　どういうことだ、リッカ」

「ええと……以前、イシュトさんと初めて挑んだクエストのときと同じです」

「アルナの森だったな。そういえば、あのときもモンスターがなかなか出現しなかったような……」

「そこそこ知能の高いモンスターには、イシュトさんの常人離れした強さがわかるみたいです。それに、今日はアイリスさんも一緒ですから、よほど戦闘力に自信があるか、知能の低いモンスターじゃない限り、そう簡単に飛びだしてくることはないと思います。これも、一種のスキルかもしれませんね」

といって、リッカは微笑んだ。

「そいつは好都合だな。俺たちの目標は、あくまでも人捜しだ。つまらん雑魚モンスターの相手をしているような余裕は——」

イシュトの言葉が終わらないうちに、頭上をアーチのように覆っていた枝葉から、なにかがザザザッと大量に降り注いだ。

「きゃあああああっ！　ヤマビルですっ！」

不運にも、大量のヤマビルを滝のごとく浴びたのはリッカだった。

その大きさは、せいぜいイシュトの親指ほどである。体表面は茶褐色。一見、ありふれたヤマビルかと思われたが――。

「ヤマビルじゃない。モンスターだよ！」

アイリスが鋭く告げた。

「うむ。ヤマビルにしては、なにやら不気味な気配を漂わせているな。早速、知能の低いモンスターが出迎えてくれたようだぞ」

イシュトは冷静に状況を判断した。

事前に、ケイオル山に棲息しているモンスターのリストは暗記している。あのヤマビルにそっくりな連中は、「ケイオル・ヴァンプ」と呼ばれる小型モンスターだろう。

通称は「ケイオル山の吸血鬼」。

その名の通り、獲物と定めた相手の血を吸うモンスターである。ヤマビルがなんらかの原因で変質し、モンスター化したという説もあるそうだ。一匹一匹は非力だが、集団行動をとる傾向が強く、厄介な相手といえた。

「あうっ……気持ち悪いですっ！」

大量に降り注いだヴァンプたちは、真っ先にリッカを獲物として認識したようだ。リッカ以外のメンバーには目もくれず、ただただリッカを攻めている。

しかも、腕や太ももに吸いつくだけでは飽きたらず、衣服の内側にまで侵入を始めていた。襟元から、袖口から、スカートの内側から……。

「ひいいいっ！　そっ、そんなところに入ってこないでくださーい！」

悩ましげに身悶えするリッカの姿は、可哀想でありながらも、どこか扇情的でもあり、イシュトは目のやり場に困ってしまう。

「面倒な連中に目をつけられてしまったな。とりあえず、ミラブー。いまは非常事態だ。まずはリッカにポーションを投げてやれ」

「待ってました！」

ミラブーカはバッグからポーションを取り出すと、嬉しそうにぶん投げた。すこーん！　とリッカの後頭部に衝突し、小瓶が割れて、液体状の回復薬が全身に降り注ぐ。

「そもそも、どうしてリッカに攻撃が集中しているのだ？　敵のヘイトを稼ぐような要素があるとも思えんが……」

「ヘイトじゃなくて、ケイオル・ヴァンプの好物はエルフの血だから……昔、ルテッサもヒドい目に遭わされてたし」

アイリスがイシュトの疑問に答えた。

「ハーフエルフも例外ではないというわけか。さっさと討伐せねばならんが……あんなふうにリッカの肌に吸いついていては、攻撃は無理だな。かといって、一匹ずつ取り払うのは手間がかかりすぎる」

「下手に引っ張ると、牙だけが肉に刺さったまま抜けなくなるから要注意だよ」

アイリスの指摘に、イシュトは唸(うな)った。一匹一匹はヤマビルと大差ない雑魚だが、ああなると手が出しづらい。

「いや、待てよ。それよりも心配なのは――」

イシュトが一つの可能性に思い当たった直後、

「もう限界です～っ！」

リッカが叫んだ。どうやらイシュトの不安が的中したらしい。

「いかん、お前ら！　リッカから距離をとれ！」

イシュトは指示を送ると、自らも後方に跳躍した。すかさずアイリスも跳ぶ。ミラブーカは「ひえ～！」と叫びながら逃げまどう。シギュンも「ん、了解」とつぶやいて、ごろごろと坂道を転がり落ちていった。

次の瞬間――リッカが爆発した。

4

イシュトの目には、文字通り、リッカの全身から炎の柱が噴きあがったように見えた。

「なっ⁉　おい、リッカ！」

イシュトは愕然とした。

正気を失ったリッカが、ファイアボールで周囲を焼き払う事態なら、容易に想像できた。ならばこそ、仲間たちに後退を指示したのである。

ところが、今日のリッカは――まるで自爆でもしたかのような、恐るべき暴挙に及んでしまった。自身の立ち位置を起爆点にして、火属性の黒魔法を炸裂させてしまったのかもしれない……。

「そんな……リッカさんが……」

呆然として、つぶやくアイリス。

「リッカさん⁉　返事をしてくださいよぅ！」

命からがら炎を避け、地面にうつ伏せになっていたミラブーカも、必死な顔で叫んだ。

「うそ。リッカが……」

戦鎚を構えたシギュンも、まさかの事態に呆然としている。

やがて、朦々と舞っていた砂塵が晴れると――。

「……あれっ？　わたし、どうしちゃったんでしょう？」

全身を炎に包まれたリッカが、きょとんとしてたたずんでいた。

その足元には、黒焦げになったヴァンプが大量に散乱している。どうやらリッカ自身、自分の身になにが起きたのか、まだ理解できていない様子だった。

「リッカ！　無事だったか！」

イシュトは思わず歓喜の叫びをあげた。アイリスたちも安堵の声をあげる。

「しかし、なにやら妙なことになっているな。お前……熱くないのか？」

イシュトは怪訝に思った。

全身が炎に包まれているにもかかわらず、髪の毛や服は燃えていないし、肌に火傷を負っているわけでもない。なにより、リッカ自身が平然としている。普通の炎とは根本的に異なるらしい。

「あれは……黒魔法の一種、エレメンタル・ガードの火属性バージョンだね。よくある防御魔法とちがって、接触した敵に火属性のダメージを与えることができるんだよ。ヴァンプみたいな敵に対しては、特に有効だね」

と、アイリスが懇切丁寧に解説してくれた。

「そいつは便利な魔法だな」

「でも、ふしぎ。本来ならレベル8くらいの黒魔道士が習得する魔法なんだけど。それに、さっきは無詠唱で発動させたよね？　これって、すごいことだよ」

アイリスほどのエリート冒険者が称賛したのだから、リッカの潜在能力は本物らしい。イシュトは誇らしい気持ちになった。

「ただ……普通は、あんな爆発なんて起きないはずなんだけどね。変なアレンジが加わったみたい」

と、アイリスが苦笑を浮かべながら補足した。

「ふっ。まさしく、リッカらしいな。こちらは冷や冷やさせられたが」

イシュトも思わず笑った。

「いやー。すごいじゃないですか、リッカさん！　これならヴァンプがどれだけ群れをなそうが、一網打尽ですよ！」

ミラブーカも喝采をあげて喜んでいる。

「リッカ……おめでと」

シギュンもまた、言葉数こそ少ないが、祝辞を口にした。そして、地面に転がっていたヴァンプの死骸を拾いあげた。じっと見つめている。

「おい、シギュン。悪いことはいわん。食べるのはやめておけ」

すかさずイシュトは忠告した。

「ん……そうする。まずそうだし」

シギュンは無表情で応じると、こんがり焼けたヴァンプを捨てた。

なんにせよ、大事にならなくて良かった……と、イシュトは胸を撫でおろした。と同時に、今後の方針を指示することにした。

「しばらくはケイオル・ヴァンプ対策のため、リッカはエレメンタル・ガードを発動させたまま進むのだ」

「わかりました。火を消しちゃうと、また発動できるかどうかわかりませんので、このまま維持しますね」

　めらめらと燃えさかる炎に包まれたまま、リッカは真顔で応じた。

「ミラブーはリッカの魔力が尽きる前に、マジック・ポーションで支援しろ。リッカの炎を絶やさずにすむよう、注意を怠るなよ」

「了解です！　道具士の存在価値を認めさせてやりますよ！」

　ミラブーカも意気揚々と返事をした。

「では、行くぞ――」

　イシュトたちは登山を再開した。


　イシュトの狙い通り、新たに出現したケイオル・ヴァンプの群れは、次々とリッカの炎に焼かれていった。リッカの全身を包みこむ炎にもかまわず、突進していくのだ。頭では危険だとわかっているはずだが、リッカの血に否応（いやおう）なく惹（ひ）かれてしまうらしい。

「ふっ。飛んで火にいるなんとやら、だな」

　イシュトは上機嫌でつぶやいた。

しばらく登りつづけているうちに、周囲が明るさを増していく。

ついには視界が開けた。

薄暗い山林が途切れ、目に痛いほど鮮やかな蒼穹が現れる。

一方、足元は見渡す限りの草原だ。細い登山道が蛇行しつつ延びている。道の脇には標札が立っていて、ここからが二合目だと示していた。

「もうケイオル・ヴァンプは出てこないから、安心だよ」

アイリスの言葉に、イシュトは安堵した。

5

雄大な景色が広がる二合目には大した危険もなく、ハイキング気分で登ることができた。

時折、野獣型や猛禽型のモンスターが襲いかかってきたが、しょせんはレベル5程度の中型種だし、パワーに頼った物理攻撃しか仕掛けてこない。

当然ながら、イシュトとアイリスの敵ではなかった。ケイオル・ヴァンプの集合体のほうが、よほど厄介だろう。

ちなみに、まだアンデッド系モンスターは一度も出現していない。ミゼットが教えてくれた情報が事実であれば、そろそろ遭遇する可能性もある。

「もうすぐ三合目だよ」

　とアイリスが知らせてから間もなく、三合目の標札が目に留まった。いつしか景色は色あせ、岩肌の目立つ領域に踏みこんでいる。

　やがて、イシュトたちは巨大な門の前に到着した。

「どうやら、ここが鉱山の入口らしいな」

　イシュトは木造の門を見上げつつ、つぶやいた。かなりの年季を経ているようだ。

「うん。完全に封鎖されてるけどね」

　と、アイリスが真顔で応じる。

　その言葉通り、門は固く封鎖されていた。厳重に板を打ちつけられているし、中央には魔法陣が描きこまれている。かなり高度な封印魔法らしく、破るのは不可能だと思われた。

「アイリス。他に鉱山に侵入できるルートはないのか？」

「一般に知られているのは、ここだけだよ」

「では、一般には知られていないルートもあるのか？」

「秘密の抜け穴がある――という噂なら聞いたことがあるけど」

「興味深いな」

「わたしも詳しい位置までは知らないから、坑道に入ったことはないんだけどね」

「たしかダムドは、子どもの頃からケイオル山を登っていたと聞いている。抜け穴の一つや二つ、見つけていたかもしれんな。とはいえ、秘密の抜け穴を虱潰しに探すのは、さすがに無謀だ。なにか手がかりがあるとよいのだが――ん？」

　突然、イシュトは妙な気配をおぼえた。

　事実、気温が少し下がったような気がしたのである。

「気をつけて、イシュト。わたしたち、囲まれてるよ。こんなに接近されるまで、気づかなかったなんて……」

　アイリスが宝剣グラムを構えつつ、緊張気味に告げた。

「ひいっ！　もっ、もしかして……」

「べっ、別に恐くなんてないですよっ！」

　リッカとミラブーカは、明らかに及び腰だ。

「ん……どうかした？」

　一方、シギュンは平常心を保っているようだが、単に鈍いだけだろう。

　やがて、イシュトたちの四方から、不気味な集団が音もなく現れた。

　ヒューマンや亜人種の死骸を元とする屍兵、様々な動物の死骸を元とする屍獣、かちゃかちゃと全身を鳴らしながら行進する骸骨兵……等々、俗にいうアンデッド系モンスターのオンパレードだった。

「あわわわわっ！　どうしましょう、イシュトさん！」

及び腰になるリッカ。

「せめて聖水があれば、ぶん投げてやるんですけどね……」

一方、ミラブーカは悔しげにつぶやいた。

「まずは俺とアイリス、シギュンの三人で連中を粉砕したあと、一時撤退する。リッカとミラブーは、俺たちの背後から離れるなよ」

「了解だよ、イシュト」

「わかりました！　お任せします！」

「さっさと倒しちゃってくださいねっ！」

「前衛の務め、シギュンも果たす」

仲間たちの返事を背に受けながら、イシュトは最初の一匹目に向けて突進した。

イシュトの拳が唸る。

アイリスの宝剣グラムが紫電のごとく閃く。

そのたびに、生ける屍どもの集団は吹き飛ばされた。特に骸骨兵などは、派手に骨をまき散らしながら倒れるのだった。

ただし、あくまでも倒れるだけで、消滅する気配は微塵もない。数分もたてば、何事もなかったかのように起きあがり、再び迫ってくる——。

一方、シギュンは苦戦していた。

「むむっ、当たらない……」

当然といえば当然だった。

シギュンの冒険者レベルは、まだ3なのだ。アンデッドのレベルは不明だが、これまでに遭遇したレベル5相当のモンスターよりも骨がある。いくら戦鎚ミョルニルを装備しているとはいえ、当たらなければ意味がない。

「シギュン、お前は下がったほうがいい！　リッカとミラブーのそばにいろ！」

「ん、そうする」

下手に意地を張ることなく、シギュンは後退しようとしたのだが――そのとき、イシュトとアイリスの攻撃を器用にくぐりぬけた屍獣が一匹、シギュンの背後に向けて駆けだした。

「シギュン、気をつけて！」

アイリスが叫ぶ。しかし、距離が離れている上に、アイリス自身もアンデッドを何匹も相手にしているので、駆けつけるのは難しい。その状況はイシュトも同じだった。

「グオオオオッ！」

屍獣が跳躍し、シギュンの背後にぐんぐん迫る。

いちかばちか、イシュトは叫んだ。

「シギュン！　フルスイングだ！」

「んっ！」

イシュトの声に呼応して、シギュンは戦鎚ミョルニルをぐるりと一閃させた。

その無骨な形状とは裏腹に、美しい弧を描きながら、屍獣の頭部を横殴りにする。

「ギャンッ！」

断末魔の叫びをあげながら、屍獣は吹っ飛んだ。シギュン自身はレベル3でも、戦鎚ミョルニルは一流の武器だ。当たりさえすればダメージは大きい。

次の瞬間、ふしぎな現象が発生した。

シギュンの一撃をもろに受けた屍獣が、地面に落下する直前、星屑のような光を放射しながら、スッ……と消え失せたのである。

「おい、あれを見ろ！　どういうことだ……？」

迫り来るアンデッドを次々と倒しつつ、イシュトは首をひねった。

「あ……思い出した。戦鎚ミョルニルの素材、ミスリルだった」

と、一人で納得するシギュン。

ますます意味がわからず、眉をひそめるイシュト。

幸いにも、アイリスが解説してくれた。

「ミスリルは、聖属性を帯びた特殊な銀だよ。浄化作用があるから、アンデッドを浄化できたみたいだね」

「望外の幸運ではあるが——シギュンよ。そういう大事なことは、もっと早く思い出せ」

「ん……了解」

シギュンは素直にうなずいた。

シギュンの戦鎚に浄化作用があると判明したことで、イシュトは作戦を変更した。

まずは、イシュトとアイリスがアンデッドを一匹ずつ倒していく。これまでならば、いったん倒れたアンデッドは放置するしかなかったのだが、そこでシギュンの出番となる。

復活を待ち受けるアンデッドは、もちろん微動だにしない。レベル3のシギュンでも、余裕で叩くことができた。

アンデッドが倒れるたび、シギュンはハンマーを無造作に振りおろす。その一撃を食らった直後、アンデッドは消滅する。その繰り返しだ。もはや単純作業にすぎない。

みるみるうちに、数十匹は集まっていたアンデッドは数を減らしていく。

やがて、一匹の骸骨兵だけが残った。不利を悟ったらしく、かちゃかちゃと骨を鳴らしながら、のろのろと撤退していく。

「あっ、逃げましたよ！」

ミラブーカが声をあげる。

「落ち着け、ミラブー。無理に追討する必要はない」

イシュトは冷静に応じた。

「それにしても、この数は尋常ではないぞ。一体、どこから涌いてくるのだ？」

少なくとも、このケイオル山でなんらかの異変が発生しているのはまちがいない。

鍛冶師ダムドもまた、この変事に直面したのではないだろうか――？

そう考えたイシュトは、すぐさま決断した。

「よし、一定の距離を保ちつつ、あの骸骨兵を尾行するとしよう。運が良ければ、アンデッドの発生源まで案内してくれるかもしれんぞ」

イシュトの提案に、仲間たちはうなずいた。

6

骸骨兵は緩慢な速度で歩いている。本人は急いで逃げているつもりなのかもしれないが、歩行速度はゆっくりとしていた。

正規の登山道を逸れた骸骨兵は、どんどん奥地へと入りこんでいく。ごつごつとした岩肌が目立つようになった頃、突然、骸骨兵の姿がフッと消えた。

「あっ……」

と、リッカが小声で叫んだ。

イシュトたちは、あわてて骸骨兵の消失地点に駆けつけた。

「この岩盤に吸いこまれたように見えたけど……」

アイリスが地面に膝をつくと、周囲の地盤を調べ始めた。イシュトも倣って、あちこちに触れてみる。

次の瞬間、イシュトの右手が地面に埋没した。いまや肘のあたりまで埋まっている。

「ちょっ！　イシュトさん、大丈夫なんですか!?」

ミラブーカが愕然として叫んだが、イシュトは意にも介さなかった。

「問題ない。どうやら、この部分のみ幻影で覆われているらしいな。秘密の抜け穴というわけだ」

「かなり高度な魔法みたいですね……どんな術式なのか、想像もつきません。古代に開発された魔法なのかも……」

リッカが幻影をまじまじと見つめながら、感嘆の声を洩らした。

「とりあえず、すり抜けるだけなら害はなさそうだな――」

今度は腕だけではなく、頭部を幻影に埋没させてみた。はたから見れば、ものすごく珍妙な構図だろうな……と思いつつ、闇の底に視線を凝らす。

イシュトには暗視スキルがあるので、難なく見通すことができた。

「ふむ。縦穴になっているな。そこそこの高さがあるが、大したことはあるまい。それと、先ほどの骸骨兵だが……どうやら着地に失敗したらしいな。バラバラになっているぞ」

「ひいいっ！　ほんとに大丈夫なんですか？　イシュトさんの基準と、あたしらの基準はちがうんですからね？」

あくまでもミラブーカは懐疑的だ。

リッカとシギュンも不安そうな表情を浮かべている。

「しかたないな。アイリス、お前の身体能力ならば問題あるまい。先に飛びおりて、下で待っていてくれるか？」

「かまわないけど、イシュトたちはどうするの？」

「俺はこいつらのリーダーだからな。責任を持って、俺が下まで運んでやる」

イシュトは毅然として宣言すると、まずはリッカとミラブーカを両脇に抱えた。その無造作な手つきに、早速、ミラブーカが抗議の声をあげた。

「ちょっ、イシュトさん！　これじゃあ、情緒もなにもあったもんじゃないですよ！」

「なんだ、お姫様抱っこでも期待していたのか？」

「そっ、そういうわけじゃないですけど……」

ミラブーカは恥ずかしそうに、口を閉ざしてしまった。

「あの……イシュトさん」

と、今度はリッカが遠慮がちに口を開いた。

「なんだ、リッカ。お前もミラブーよろしく、なにか注文をつけるつもりか？」

「いえ、注文というか……あの、その……」

なぜだかリッカは真っ赤になっている。

ここに至り、ようやくイシュトは気づいた。イシュトの手が、いつの間にかリッカの乳房に触れていたのである。

「なっ、なんと柔らかな──いや、ちがう！　これは事故だから気にするな！　決して悪気があったわけではないのだ！」

イシュトは手の位置をずらすことで、リッカの要望に応じた。そして、今度はシギュンに声をかけた。

「シギュンは俺の背中にしがみつけ。遠慮は要らん」

「ん、わかった」

シギュンは迷うことなく、イシュトの背中にギュッとしがみついた。

ぴとっ……と身体を密着させてくる。しかも、両足をイシュトの腰に巻きつけるようにして、しっかりと絡ませてきた。身体は大人並みに育っているのに、その仕草ときたら、家族に甘える子どものようだ。しかし、その柔らかな感触は大人の女性そのもので……。

「ものすごい状況だね。イシュトって女難の相があるんじゃない？」

アイリスが半眼になって、あきれたようにつぶやいた。

「はは……我(われ)ながら、見苦しい構図なのは認めざるを得んな。まあ、気にするな」

イシュトは苦笑を返した。

「それじゃ、わたしは先に行くね」

アイリスは素早くきびすを返した。なんとなく素っ気ない感じがしたのは、気のせいだろうか。

次の瞬間、アイリスは足元の幻影を一瞬ですり抜けて、落下していった。

イシュトは気を引き締めると、なおも不安がっている仲間たちに声をかけた。

「では、俺たちも行くぞ」

仲間たちの体温と体重を感じながら、イシュトもまた、宙に身を踊らせた。

地盤を模した幻影をすり抜けて、闇の奥底へ――。

7

時を同じくして――レハール王国の東北部、竜の背骨のごとく横たわるベルダナ山脈。

標高七千から一万エイル超の嶮嶺(けんれい)が連なる難所であり、高所は真っ白な層雲に覆われ、あまたの冒険者を拒絶してきた秘境である。

その嶮(けわ)しさゆえに、王国では「最果ての地」とも呼ばれている。永らく、天然の国境として機能してきた山脈でもあった。

魔女ブリガンが建てた工房は、そんな秘境の奥地にあった。いまは「ブリガンの娘」を称するダーシャと、使い魔のアスモデウスが住んでいる。

つい先日、生前の魔女ブリガンが構築した迷宮を攻略したダーシャは、この隠れ家に帰還していた。もちろん、自分の足を使ったわけではなく、転移魔法で一っ飛びしたのである。

昼下がり、庭で優雅に紅茶を味わいながら、ダーシャは目尻を下げていた。

丸テーブルの上には、ダンジョン攻略の報酬として入手したアイテムを置いている。ドレス姿の少女を模した、精巧な人形である。

ダーシャは、この可愛らしい人形を、亡き母ブリガンの形見だと思っている。

「ふふ……ずっと眺めていても、飽きないわね」

「やれやれ。よほど気に入ったようだな。吾輩（わがはい）のほうが、よほどキュートでラブリーだと思うのだが」

アスモデウスが不満を洩らしたが、ダーシャは聞く耳を持たなかった。

「冒険者イシュト……本名はイシュヴァルト・アースレイ。王都アリオスに現れる以前の経歴は、一切不明。やはり彼こそが、お母様が予言した大魔王にちがいないわ。この世界に、どれほどの破壊と混沌（こんとん）をもたらしてくれるのか——いまから楽しみね」

「破壊と混沌をもたらすどころか、真面目に冒険者として働いているようだがな。王都では、あの男を勇者だの英雄だのといって、ほめそやす連中も珍しくないのだぞ」

アスモデウスは、ダーシャがテーブルに置いていた水晶球を覗きこんだ。

「む？　ダーシャ、見るがいい。ブリガンが遺した〝悪戯〟の一つが、どうやら実を結びつつあるようだぞ。ここ最近、妙にケイオル山が騒がしいと思っておったが……」

「ケイオル山？　どの山だったかしら」

「我々の拠点とは似ても似つかぬ、ごく平凡な山だ」

「そんな普通の山とお母様との間に、なんの関係があるというの？」

「たしかに、あれは普通の山だと思われている……が、実はブリガンとの間に因縁のあるドラゴンが、ひっそりと隠れ住んでいるのだ」

「面白そうね。詳しく聞かせてくれるかしら？　キュートでラブリーな使い魔さん」

「うむ、よかろう！」

アスモデウスは意気揚々と語り始めた。

それは、孤独な魔女と優しいドラゴンが紡ぐ、数百年にもわたるエピソード――。

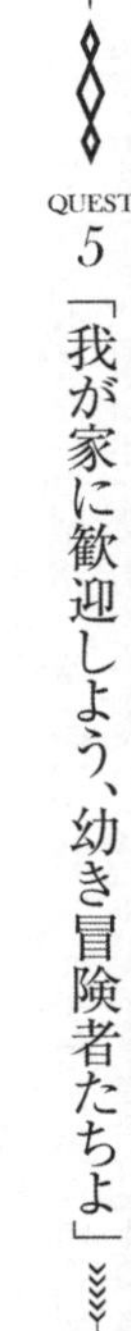

1

無事に着地したイシュトたちは、坑道の探索を開始した。

先ほどの骸骨兵については、復活するまでの待ち時間がもどかしいし、坑道内部に案内してくれただけでも、充分に役に立ってくれた。昇天させてやるよう、イシュトはシギュンに指示したのだった。

当然ながら、周囲は真っ暗である。暗視スキルを持つのはイシュトだけだが、ここでミラブーカの用意した携帯角灯が役に立った。

その外観こそ平凡だが、光源は蠟燭の炎ではなく、魔晶石である。蠟燭よりも寿命は長いし、衝撃や風に強いのも利点だった。

「ふうむ。千年も昔の遺構が、綺麗に保存されているではないか。見事なものだな」

坑道を慎重に進みつつ、イシュトは感嘆した。

次の瞬間にも、休憩を終えた坑夫たちがもどってきて、採掘作業を再開しそうな雰囲気さえ感じられる。

まだ序の口ではあるが、かなり大規模な坑道のようだ。どこまで広がっているのか、想像もつかない。

次の瞬間、イシュトは敵の気配を感じ取った。

暗視スキルを駆使して、照明の及ばない広範囲を見通す。

アンデッド系モンスターの群れが、こちらに向かってゆっくりと行進してくるのが見えた。イシュトたちの侵入を察知したのだろう。

「アイリスとシギュンは俺につづけ。リッカとミラブーはここで待機だ」

イシュトはてきぱきと指示すると、駆けだした。

すぐ背後にアイリスが、やや遅れてシギュンがつづく。

「邪魔だ。頭が高いぞ」

イシュトは無造作に拳を振るった。一撃で数匹を同時に沈黙させる。骸骨兵は大量の骨をまき散らし、屍兵や屍獣は派手に吹っ飛んだ。

「はっ！」

アイリスもまた、宝剣グラムを閃かせ、一匹ずつ着実に斬り刻んでいく。むろん、イシュトとアイリスが倒したアンデッドは、あくまでも復活待機状態に陥っただけだ。

そこでシギュンの出番となる。戦鎚ミョルニルの聖属性効果によって、一匹ずつ消滅させていった。

「……ん、楽勝」

シギュンが戦鎚を振るうたび、アンデッドは神聖な光に包まれて、完全に消滅した。

「うむ。このチームワークならば、対アンデッド戦は問題ないな」

目の前のアンデッドを全滅させたあと、イシュトは一息ついた。とはいえ、新たな不安が脳裡をよぎる。

「鍛冶師ダムドがアンデッドに遭遇していた場合、いくら冒険者の資格を持っているとはいえ、かなり厳しいのではないか？　最悪、ダムドもアンデッドの一人として出現したりしないだろうな？」

「ちょっ⁉　縁起でもないことをいわないでくださいよ！」

ミラブーカが恐怖の声をあげる。

「とりあえず、鍛冶師ダムドの痕跡がないかどうか注意しつつ、進むしかあるまいな」

イシュトは前方を眺めやった。

左、中央、右――三本の通路が延びている。

「さて、どの道を進むべきか？」

イシュトは眉根を寄せた。

「ねえ、イシュト。この坑道だけど、予想以上に奥が深いみたいだよ。ただ漫然と歩き回ってるだけだと、きりがないと思う」

アイリスが指摘した。

たしかに一理ある、とイシュトは思った。

当てずっぽうで探索していても、なんの収穫も得られないだろう。それに、携帯糧食やランプ用の魔晶石にも限りがある。

「その鍛冶師さんの目的地について、なんらかの手がかりがあるといいんだけどね。依頼主から、なにか聞いてないの？」

「ダムドの目的地か……」

イシュトは思案した。

アイリスのいう通り、なにか手がかりがあれば——と思ったものの、手持ちの情報といえば、ユリムが口にした〈古竜の棲家〉だけである。実在するかどうかもわからない。

「あのう……」

と、リッカが遠慮がちに口を開くと、真ん中の通路の入口に立った。そして、両耳に手を添えた。

「アンデッドの気配なんですけど、こちらの通路の奥に、うじゃうじゃと群れています。逆に、右側と左側の通路の奥からは、なんの気配も伝わってきません。とても静かです」

「ほう。さすがはハーフエルフ、耳がよいな」

「いえ、それほどでも……」

リッカは照れくさそうに、もじもじした。

「それと、真ん中の通路のはるか奥から、なんだか異質な存在の気配がします。アンデッドの集団よりも、さらに奥です」

リッカの指摘に、イシュトは首をひねった。

「異質な存在だと？」

「はい。詳しくはわかりませんが……なにか、とてつもなく巨大で……しかも、混沌とした感じです」

どうやら、リッカは単に聴覚情報のみを捉えたわけではないようだ。

「巨大？　もしやドラゴンか？」

「具体的に断定はできませんが……得体の知れないなにかです。もしかしたら、アンデッドの発生源かもしれません」

リッカの返事は要領を得なかったが、中央の通路の奥に、なにか尋常ならざる存在が潜んでいるのは、まちがいなさそうだ。鍛冶師ダムドと関連があるのかどうかは不明だが、調べてみる価値はあるかもしれない。

「どうするイシュト？　今日のわたしは助っ人だし、イシュトの決定に従うよ」

アイリスの言葉を受けて、イシュトはにやりとした。

「決まっている。リッカが捉えた気配を探し当てるぞ」

2

その後、性懲(しょうこ)りもなく涌いてくるアンデッドを討伐しつつ、イシュトたちは坑道の奥へと進んでいった。

坑道は平面的ではなく、縦横無尽に張り巡らされており、まるで蟻(あり)の巣を連想させる。

分岐路に到達するたび、リッカの優れた感覚器官を頼りにした。おかげで、迷うことなく「異質な存在」のもとにたどり着くことができそうである。リッカの推測が正しければ、その「存在」こそがアンデッドの発生源ということになる。

……かれこれ三時間ほども歩いただろうか。

突然、周囲の様相が一変したので、イシュトは目をみひらいた。

人間が掘り進めた坑道が途切れたと思うと、今度は大空洞とでも呼びたくなるような、壮大な空間に足を踏み入れていたのだ。

壁面や天井部には、謎の鉱石が露出しており、それらが青白く発光することで、なんとも神秘的な光景を生み出している。

「山岳の内部に……こんな大空洞があるなんて。ケイオル山には何度も登ったことがあるのに、全然知らなかった……」

真っ先に賛嘆の声を洩らしたのは、アイリスだった。

「ふわあ……とっても神々しいです。まるで、時が止まっているみたい……」

リッカはただただ圧倒されている。

「いや～、冒険の醍醐味ですね。それにしても、あの光っている石はなんでしょう？」

ミラブーカが疑問を口にすると、

「魔鉄鉱。魔力を秘めてるから、あんなふうに光る」

さすがは鍛冶師の卵だけあって、シギュンが解説してくれた。

「鉱山は閉鎖されたというのに、まだあれほどの原石が残っているとはな。しかも、俺の探し求めていた魔鉄鉱が、あんなにもたくさんあるとは――おっと、和んでいる暇はなさそうだぞ」

イシュトが好戦的な笑みを向けた先には、大量のアンデッドが集結していた。

その数、百匹は下るまいと思われる。

「まずはアンデッドを駆逐する。行くぞ、お前たち！」

イシュトは率先して、アンデッドの群れに突撃していった。

「ふう……あらかた片づいたな」

百匹程度のアンデッドを駆逐するのは一苦労だったが、ようやく大空洞は静けさを取りもどした。

もっとも、シギュンだけは、いまも戦鎚を上下に振るっている。

復活待機中のアンデッドを、一匹ずつ叩くだけの単純作業。とはいえ、あまりに数が多いので、疲労の色が濃いようだ。

「ミラブー、シギュンにポーションを投げてやれ」

「了解です！」

ポーションをぶん投げることに快楽を覚えるという、一風変わった性癖を持つミラブーカは、嬉々として投擲（とうてき）した。

——すこーん！

ポーションはシギュンの後頭部に直撃し、小気味よい音をたてて割れ砕ける。見た目は痛そうだが、あくまでも道具士に特有のアビリティなので、怪我をすることはない。

「ふう……まさか、一日に二度もポーションを投げられるなんて、たまらんですよ～！」

ミラブーカは頰を赤くしながら、くねくねと身体をくねらせている。

一方、頭部をびしょ濡（ぬ）れにされたシギュンは、指で薬液をすくいとると、ぺろりと舐めてみたのだが、

「ん……おいしくない」

残念そうに眉をひそめた。食い意地の張ったシギュンらしい言動に、イシュトは思わず苦笑する。

味はともかく、ミラブーカが投げ与えたポーションの回復効果はたしかだったようで、その後、シギュンは着々と作業を進めていった。

「それにしても、あのアンデッドはどこから涌いてくるんだろうな。リッカ、わかるか？」

「ええと……もう、そんなに遠くはないですね」

耳をすましつつ、リッカは答えた。

「この大空洞の奥に潜んでいると思われます。あそこに高台が見えますけど、あの上から、なにか異質な存在の気配がします。なんだか、とても邪悪な感じもするような……」

リッカが指し示した方角には、地面が小高い丘のように盛りあがっている場所があった。

「ふん、邪悪か。せいぜい楽しませてもらうとするか」

イシュトは余裕たっぷりに笑った。

元魔王としては、邪悪さで負けるわけにはいかないと思ったのだ。

「これはまた……見事な絶壁だな」

高台の麓に到着したイシュトは、眼前にそそり立つ岩壁を見上げた。十五エイルはありそうな高さである。

「ううっ……なんだか、とんでもなく邪悪な気配を感じます。まちがいなく、あの上に……なにかがいますね。それに、アンデッドの気配もします」

リッカが青ざめた顔で伝えてきた。

「うん。ここまで近づけば、わたしにだってわかるよ。大型級のモンスターかも……」

アイリスも緊張気味に告げた。

「あと一息で対面できそうだな。とはいえ、道具もなしに、この絶壁を登るのは難儀だぞ。まあ、俺なら登るまでもなく一っ飛びだがな」

「いま、とんでもないことをさらりといったよね？」

と、アイリス。

「やっぱり、イシュトさんはとんでもない人です……！」

リッカはただただ尊敬の眼差しをしている。

「相変わらず、人間離れしてますよね……なにを食べたら、そんなふうになれるんです？」

ミラブーカは、すっかりあきれ果てている。

「さすが、未来の旦那様」

シギュンに至っては、理屈抜きでイシュトを信じきっている様子だった。

「あれ？　こんなところにロープがあるよ。先客がいるみたい」

と、アイリスが一同に声をかけた。

たしかに、一本の頑丈そうなロープが、丘のてっぺんから絶壁に沿って、ぷらんと垂れ下がっている。

「使えそうか?」

「うん、かなり頑丈にできてる。それに……」

「どうした?」

「このロープ、かなり使い古されてるけど、王都の道具屋で売ってるのと同じ物だよ。古代人の遺品じゃなくて、現代人が用意したものだね」

アイリスの言葉に、イシュトたちは息を呑んだ。

「だとしたら、鍛治師ダムドかもしれんな」

「その可能性はあるね」

「では早速、このロープを使って登るとするか。とはいえ、登っている途中にアンデッドの群れが襲いかかってくる可能性もあるな……。よし、俺が先に一っ飛びして、頂上に移動してやろう。もしアンデッドが群れていたら、掃討してやる。その間に、お前たちはロープを使って上ってくるがいい」

イシュトは仲間たちに背を向けると、両足にぐっと力をこめた。

そして——跳躍した。

3

　あっという間に丘の頂上に降り立ったイシュトは、予想外の光景を前に瞠目した。

「なんだ、これは……」

　洞窟内部だというのに、植物が生い茂っている。地面は豊かに緑に敷き詰められ、しかも色とりどりの花が咲いている。地上では見かけたこともない、どこか異質な雰囲気のある花だった。

　周囲を徘徊しているアンデッド系モンスターを沈黙させながら、イシュトは仲間たちの到着を待ち受けた。

「お待たせ、イシュト」

　最初に上ってきたのは、アイリスだった。

「はふう～……なんとか上りきれました～」

「健脚スキル持ちのあたしでも、ちょっときつかったです……」

「お腹、減った……」

　つづけて、リッカ、ミラブーカ、シギュンの順に姿を現す。

　案の定、仲間たちもまた、緑豊かな光景を目の当たりにしたとたん、呆気にとられたのだった。

あたりを徘徊しているアンデッドたちを排除しつつ、イシュトたちは花畑の中央へと進んでいった。

そして、ついに「それ」の付近に歩み寄った。

そこには、異様な雰囲気をまとった巨獣が横たわっていたのだ。

「こいつは――ドラゴンか？」

イシュトは思わずつぶやいたが、確信は持てなかった。

一見、ドラゴンの一種に見える。ごくオーソドックスな、翼のあるドラゴンだ。

だが、目の前のそれは、あまりにも異質だった。

その体表面はどす黒く、グズグズに溶けかかっていて、見るからに腐敗しているのだ。

しかも、そこから新たなアンデッドがゆっくりと生み出されている。まるでアンデッドの苗床だ。

その巨獣は、まるで老衰した野良犬のように、ぐったりと寝そべっている。とりあえず、イシュトたちに襲いかかってくるような気配は感じられない。

「こいつがアンデッド系モンスターの発生源でまちがいなさそうだな。それにしても、なにが起こっているのだ？　アンデッドがこんなふうに大量生産されるなど、普通では考えられん。

そもそも、この獣は何者だ？」

「イシュト。あそこに、だれかがいるよ！」

と、アイリスが巨獣の頭部のほうを指さした。

「なんだと？」

巨獣の尻の付近をうろついていたイシュトは、アイリスのそばに駆け寄った。

視線の先には――大柄な男が、あぐらをかいて座りこんでいる。

筋骨たくましく、ずんぐりむっくりとした印象だ。その傍らには、酒樽が鎮座している。

これだけアンデッドが群れている危険地帯だというのに、謎の男は平然として、巨獣の頭部と向かい合っている。

イシュトたちは、ゆっくりと男のほうへ近づいていった。

遠目にはわかりづらかったが、男は老境に差し掛かっているようだ。豊かに波打つ髪も、ふさふさとした顎髭（あごひげ）も、すっかり白くなっている。

もっとも、その頑健そうな肉体は、老人と聞いてだれもが思い浮かべるような印象とはかけ離れていた。

――壮健な高齢者。しかも、酒樽を持参している。

一つの確信を胸に、イシュトは男に呼びかけた。

「お前が、鍛冶師ダムドだな？」

老人は、ゆっくりとイシュトを振り返った。そして、アイリス、リッカ、ミラブーカ、シギュン……と視線を巡らせてから、重々しく告げた。

「ほう。いかにも冒険者パーティーだな。ははっ！　お前のいった通りだぞ！」

老人は愉快そうに笑った。「お前」というのは、どうやら目の前の巨獣らしい。

「鍛冶師ダムドか、と聞いている」

イシュトは再度、尋ねた。

「いかにも、わしがダムド・ラズリだ。そういうお前さんは、なにもんだ？」

「俺はイシュト。いろいろあって、いまは冒険者をやっている」

イシュトは苦笑まじりに名のった。

なにはともあれ、これで「鍛冶師ダムドの探索」というクエストの半分は果たせたことになる。あとは王都まで連れて帰れば、任務完了だ。

「俺たちは〈ダムド工房〉のユリムから依頼を受けて、お前を探していたのだ」

「なに、ユリムから⁉」

突然、ダムドは腰を浮かした。

「ああっ、しまったー！　わしとしたことが、可愛いユリムに何日も留守番をさせてしまうとは！」

「なにをいまさら。それにしても……いくら腕に自信があるとはいえ、よくぞ無事でいたものだな。どうやってアンデッドをやり過ごした？」

「ふん。わしには、このアイテムがあるんでな」

ダムドは得意げに、左手の中指に装着している指環を見せびらかした。

まるで王侯貴族あたりが塡めていそうな、大ぶりな指環である。ダイヤモンドのように透明な、ラウンド・カットの水晶が象嵌されている。

魔族であるイシュトは、理屈抜きで「いやな指環だな」と思った。それはすなわち、極めて神聖な属性を帯びているという事実を意味する。

「ただのアクセサリーではないようだな？」

「こいつは聖遺物の一種さ。セイクリッド・リングという。こいつを装着した者は、アンデッドから認識されなくなるって寸法だ。どうだ、すごいだろう？」

「お前のような貧乏鍛冶師が、よくぞそんなアイテムを所持していたな。盗んだのか？」

「おいおい、失礼な兄ちゃんだな！　その昔、わしは鍛冶師兼冒険者として、世界各地を旅して回ったもんだ。そのときに、クエスト達成の報酬としてもらったのさ。以来、魔除けのお守りとして、肌身離さず身につけていたってわけだ。まさか、こんな形で役に立つとは思ってもみなかったけどな。がははははっ！」

ダムドは大笑いしながら、ふんぞり返った。

「……で、鍛冶師ダムドよ。まずは状況を説明するがよい。可愛い孫娘に心配をかけてまで、なにをしていた？　それに、この忌まわしき獣はなんなのだ？　どうして、この獣の肉体からアンデッドが涌いている？　そして、この獣とお前は、どういう関係なのか？」

「そいつぁ、いえねぇな。お前さんには関わりのねぇことだ」

ダムドは警戒心もあらわに、ぶっきらぼうに答えた。

「おい。こちとら仕事とはいえ、体を張ってここまで来たのだぞ」

「……あいにくだが、我が友については極秘事項でな。そう簡単に教えるわけにはいかねぇんだよ」

「我が友？」

『――かまわぬ、ダムドよ』

突然、イシュトの脳裡に厳かな声が響いた。

なんと念話である。

アイリスたちも一様におどろいているので、謎の声は全員に届いたようだった。

イシュトはハッとして、巨獣の目を見た。

その肉体は腐り果て、おどろおどろしい状況になっているにもかかわらず、左右の瞳は澄んでいて、優しそうな光をたたえている。

肉体は惨憺（さんたん）たる有様だが、まだ正気を保っていることがうかがわれた。

『その冒険者の言い分にも、一理ある。なにより、その男――見た目こそヒューマンだが、とてつもなく巨大な力を秘めているようだ。案外、我らに協力してくれるやもしれぬ』

「本気かぁ？　ま、ここはお前さんの棲家だからよ。お前さんが歓迎するっていうんなら、わしごときに止める権利はねぇよ」

ダムドは、あっさりと引き下がった。

『我が家に歓迎しよう、幼き冒険者たちよ。お前たちが坑道に侵入したことは、最初から気づいていた』

改めて、巨獣はイシュトたちに思念を送った。

『我が名はヴァイゼン――古代より生きながらえし竜族の末裔である』

「つまり、伝説に登場する古竜とは、お前のことだったのか？」

イシュトは問うた。

『ああ、そうだ。もっとも、そんな古い伝説など、現代人の大半は知りもしないだろうが』

「なんにせよ、鉱山は封鎖され、お前はこの大空洞でひっそりと生きながらえてきたというわけか。ダムドとの付き合いは長いのか？」

『ダムドが初めて我が棲家に迷いこんできたとき、まだ十代の少年であった。打撲や骨折、裂傷、さらには飢餓……すでに死にかけておったが、そのまま見捨てては寝覚めが悪いし、なんといっても久しぶりの客人だ。丁重に扱うことにした。それ以来の付き合いだ』

「わしとヴァイゼンは、妙に意気投合してなあ。本来、この坑道は立ち入り禁止なんだが、定期的に会いに行くようになった。ヴァイゼンが喜びそうな手土産を持ってな」

といって、ダムドは大きな酒樽のふたをポンポンと叩いた。

「それで、古竜ヴァイゼンよ。お前の肉体は、どうなっているのだ？　明らかに異常を来していようだが……」

『これは呪いだ。その昔、魔女ブリガンが我にほどこした、忌まわしき呪い……』

「魔女ブリガンだと？」

イシュトは愕然とした。

まさか、こんなところで魔女ブリガンの名前を聞くことになろうとは。

『かれこれ、三百年ほど昔のことだ……』

古竜ヴァイゼンは語り始めた──。

4

当時のヴァイゼンは、一風変わった趣味を満喫していた。

ヒューマン系の青年に変身し、世界各地を旅していたのである。都市や村に立ち寄っては人助けをし、報酬を得ながらの旅は、純粋に楽しかった。ヴァイゼンは人間たちが好きだったし、彼らと交流するのはもっと好きだった。

当時はまだ、冒険者ギルドなど存在しなかったし、冒険者という職業もなかった。

「冒険家ヴァイゼン」のライフ・スタイルこそが、後世の冒険者制度につながったという側面もあるのだが、それはまた別の話――。


その頃、ヴァイゼンは「最果ての地」とも呼ばれる、ベルダナ山脈に挑戦していた。

二合目に差し掛かったとき、ヴァイゼンは可憐な幼女に出会う。

その子は「魔女」だった。

近隣の村落で生まれたのだが、肌に魔女の印が認められたため、忌避されるようになったのである。ついには露骨な迫害を受け、親の手で山中に捨てられたのだという。

季節は初冬。もしヴァイゼンが通りがからなければ、彼女は遠からず死んでいただろう。

いくら異能を誇る魔女とはいえ、たかだか五歳ほどの幼女が独りで生きていくには、あまりにも過酷な環境であった。

ヴァイゼンは、その子を不憫に思い、一緒に旅をしながら育てることを決意した。

少女には、まだ名前がなかった。

ヴァイゼンは思案したのち、名前を授けてやった。

「今日からお前は『ブリガン』と名乗るがいい」

それは、神話に登場する勇者の名前。しかも男性名だ。

女子の名前としては不自然ですらあったのだが、魔女に対する迫害に負けることなく、強く、たくましく生きてほしいという、強い願いをこめたのだった。

十年ほどの間、二人は純粋に旅を楽しんだ。

——遊び心で人間に変身し、自由気ままな旅をつづけてきた竜。

——人間として認めてもらえず、親からも故郷からも捨てられた魔女。

なにからなにまでちがう二人だったが、一緒に旅をつづけているうちに、心が通じ合っていった。

いつしか二人の間には、まるで親子のような絆（きずな）が芽生えていたのである。

実際、旅先の宿屋では、いつも親子として扱われた。

ヴァイゼンはあえて否定しなかったし、ブリガンもまた、素直に受け容れているように見えた——。

5

「お母様に、そんな少女時代があったなんて……全然、知らなかったわ」

ダーシャはティーカップを置くと、溜息をついた。

「それで、お母様とヴァイゼンはどうなったの？」

ダーシャが尋ねると、

「…………」

アスモデウスは重々しい沈黙を保った。

「ちょっと、つづきが気になるじゃないの。なんとかいいなさいよ」

「うむ。この当時は、まだ吾輩も誕生していなかったのでな。あくまでも、ブリガンから聞いた話にすぎぬのだが……」

「そんなことはわかっているわ。さっさとつづきを語りなさい」

「ならば明かそう。傍目（はため）には、仲の良い親子のように映った二人だったがな。しかし、うら若き魔女の胸の奥底には——激しい恋の炎が燃えさかっておったのだ！」

「は？」

ダーシャは露骨に顔をしかめた。

6

「なんと……魔女ブリガンが、お前に恋心を抱いたというのか？」

イシュトは呆気にとられつつ、ヴァイゼンに問いかけた。

『そうだ。ある日、あの子は我に積年の想いを打ち明けてくれた。だが、その想いを……我は拒むことしかできなかった。あくまでも、我の正体はドラゴンだ。いずれは別れを切り出すつもりだった。我が、あの子を愛しく思っていたのはたしかだ。しかし、それは保護者としての愛情であり、恋愛感情ではなかった。残酷だとは思ったが、我は事実を打ち明け、もう家族ごっこは終わりにしようと提案した。あの子は泣きながら食い下がったが……結局、我はあの子の前で本来の姿にもどり、飛び去ったのだ――』

しみじみとした口調で告げると、ヴァイゼンは口を閉ざした。

と、ミラブーカが非難の声をあげた。

「いくらなんでも、可哀想ですよ！　そりゃあ、ヴァイゼンさんにも事情があったのはわかりますけど。もう少し、ちゃんとした断り方があったんじゃないですか？」

「おい、ミラブー。もう三百年も昔の話だ。いちいち感情的になってもしかたあるまい」

イシュトはたしなめた。

「それはそうかもしれませんが……」

ミラブーカは納得できない様子である。

『できることなら、一日でも長く、一緒に旅をつづけたかった……。だが、すでにブリガンは一流の魔道士として開花していたし、魔女の印を見られさえしなければ、人間社会に溶けこむのは容易なはずだった。あの子が独り立ちできるようになった時点で、我の役目は終わっていたのだ』

ヴァイゼンは重々しく告げると、話をつづけた。

逃げるようにして、ブリガンのもとから飛び去ったのち――。

ヴァイゼンは、自身のホームであるケイオル山に帰還した。そして、この大空洞で隠棲(いんせい)するようになった。その頃にはもう、古竜ヴァイゼンは伝説扱いとなり、実在さえ疑われるようになっていた。

人類は、古竜ヴァイゼンという存在を忘却しつつあった。

ただし――例外が二人いた。

一人は、若かりし日のダムド・ラズリである。

少年時代のダムドは、すでに封鎖されていたケイオル坑道の抜け穴を見つけだし、こっそり忍びこむような悪童だった。好奇心旺盛で、「古竜」にまつわる伝説の真偽をたしかめるべく、この大空洞に入りこんだのだ。

かくして両者は出会い、ふしぎと意気投合した。ダムドが成人してからは、酒飲み仲間となった。

もう一人は、魔女ブリガンである。

彼女が〈古竜の棲家〉を訪れたのは、たったの一度きりだった。

いまから十年ほど前のことだ。

魔女ゆえにブリガンの寿命は異様に長く、すでに三百歳を超えていた。それでも、二十代の半ばといった容姿を維持していたのは、さすがといえた。とはいえ、寿命を迎えつつあるのは一目瞭然だった。

お互い年を食ったし、いまなら過去を水に流して、旧交を温められるかと思ったヴァイゼンは、ブリガンとの再会を喜んだ。

だが――甘かった。

ブリガンは決して、旧交を温めにきたわけではなかった。生への執着心が異様に強い彼女は、不老不死の秘法を求めて、ヴァイゼンのもとを訪れたのである。三千歳を超える古竜ヴァイゼンならば、なにか有益な情報を知っているのではないか――と期待したのである。

あいにく、ヴァイゼンといえどもそんな秘法は知らなかった。

あくまでも保護者の顔をして、ヴァイゼンは可愛い娘を諭した。

「我が娘ブリガンよ。死を恐れる必要はない。一粒の麦が地に落ちて死ななければ、どうなるか？　ただの一粒のまま、なんの役にも立たん。しかし、もし死んだなら、金色の実を結ぶのだよ――」

ヴァイゼンが贈った言葉は、しかし、魔女の胸にはなんら響かなかったのである。

それどころか、ブリガンはヴァイゼンに呪いをかけてしまった。

それは、肉体が死の兆候を示すと同時に発動する、忌まわしき呪いであった――。

ブリガンが去ってから十年間は、特に何事もなく過ぎていった。

風の噂でブリガンの死を耳にしたのが、数年前のことだ。

かれこれ三百年以上を生きた魔女も、寿命には勝てなかった。

そして――二週間ほど前のことである。

ヴァイゼン自身もまた、いよいよ寿命を間近に控え、覚悟を決めようとしていたときに、魔女ブリガンがかけた呪いが「起動」してしまった。

あろうことか、ヴァイゼンは「屍竜（しりゅう）」とでも呼ぶべき存在と化したのだ。

全身がグズグズと腐敗して、アンデッド系モンスターの苗床となった。このままでは、いずれアンデッドたちが坑道の外に出て、ついには山を下りて、王都アリオスを襲撃しかねない……。

もはやこれまで――とばかりに、ヴァイゼンは自死を選ぼうとした。自分が死んでしまえば、アンデッドの生成サイクルも止まるはずだと考えたのである。

だが――できなかった。

屍竜と化したヴァイゼンは、死にたくとも死ねない身体となっていたのである。厳密には、生ける屍（しかばね）というべきか……。

そんな緊急事態に、鍛冶師ダムドが居合わせたのであった。

元々、ダムドとヴァイゼンは一つの約束を交わしていた。そろそろ寿命を迎えるだろうヴァイゼンを、ダムドが看取ってやるという約束だった。どうせなら、美味い酒でも飲みながら、笑顔で見送ってくれ——というのが、ヴァイゼンがダムドに託した願いだった。

「……いまから八日前のことだ。妙な胸騒ぎをおぼえたわしは、いよいよヴァイゼンが寿命を迎えるのかもしれんと思い、ここまでやって来た」

と、ダムドが重々しく告げた。

「まあ、ヴァイゼンほどの竜がそう簡単にくたばるとも思えんし、あの日は酒樽を運び終えたら、いったん帰るつもりだったのだ」

「なるほど。それで、ユリムには日帰りの予定だと伝えていたのだな?」

イシュトの言葉に、ダムドはうなずいた。

「そうだ。ところが、いざヴァイゼンを訪ねてみると、この有様だ。幸いにも、わしはこの指環のおかげで、アンデッドには襲われずにすんだが……帰るに帰れなくなってしまった。このまま友を置いて山を下りることなど、とてもできん。もっとも、こうして一緒にいたところで、わしにヴァイゼンを救うような力がないのも事実だ……」

ダムドは自嘲して唇を歪めた。

7

「大体の事情は把握した。古竜ヴァイゼンよ、改めて問おう――お前の望みはなんだ?」

イシュトは堂々として問いかけた。

『いうまでもない、安らかな死を迎えることだ』

ヴァイゼンは躊躇なく、そう答えた。

「了解した。まずは呪いを解く必要がありそうだが……できるやつはいないのか?」

『ブリガンにかけられた、極めて高度な呪いだ。王都の聖職者には無理だろう。だが、方法がないわけではない』

「どんな方法だ?」

『古来、月明かりには神秘の力が秘められている。我(われ)の計算能力に狂いがなければ、今宵は満月。月明かりの効果が最も上昇するはずだ。ケイオル山の頂上には、朽ち果てた神殿がある。あそこで月光浴をすれば……一時的に呪いを弱めることができるはずだ」

「ふむ。しかし、弱めるだけでは、なんの解決にもならんのではないか?」

『むろん、それだけでは足りぬ。月明かりの効果で呪いを弱体化させたのち、聖属性の攻撃魔法を受ければ、呪いは完全に解け、我は安らかな死を迎えることができるだろうな』

「ふむ……」

イシュトは思案したものの、まずは根本的な問題に気づいた。

「この大空洞に、ヴァイゼンの巨体が通過できるような大穴があるのか？　そんなものがあれば、とっくの昔に冒険者どもが見つけていそうだが――ああ、そうか。ヴァイゼンは人間の姿に変身できるのだったな」

先ほどヴァイゼンから聞かされたエピソードを、イシュトは思い出した。

「しかし、それならどうして、この場に留まっている？　いっそ神殿で静養していたほうが、まだマシではないか。なにも満月でなければ効果がない、というわけでもなかろう？」

イシュトが問いかけると、ヴァイゼンは苦渋の思いを伝えてきた。

『いまの我はかなり衰弱している。人の姿に変身するだけでも一苦労を要するし、うまく変身できたところで、まともに歩くことさえかなわぬ』

「歩けないというのなら、俺たちが運んでやるまでだ」

『いや、そうもいかぬ。なぜならば、たとえ人の姿に変身したとしても、重量はそのままだからだ――』

ヴァイゼンは諦念を感じさせる口調で、そう答えた。

QUEST 6「かつては月をも砕いてみせた俺だ」

1

「人間に変身しても重量は不変だと？　よくぞ人の振りをして旅などできたものだな？」

　イシュトがあきれながら尋ねると、

『当時は、変身魔法と重力系魔法を組み合わせることで、重量の問題は回避できたのだ。だが、重力系魔法は極めて難度が高い……年老いた我には、もう使えぬ。無理なのだ』

「ふん。そうやって否定ばかり繰り返していては、一歩も前に進めんぞ。このまま自宅に引きこもり、死ぬことさえ許されず、アンデッドの製造機として存在しつづけるつもりか？」

『……いわせておけば。ならば、どうしろというのだ？』

「俺がいる。四の五のいわずに、まずは人間の姿になってみろ。変身魔法だけなら、大して難しくはなかろう？」

『無駄なことを……まあいい』

ヴァイゼンは不機嫌そうながらも、承知した。

次の瞬間、その巨体がまばゆい光に包まれた。

「……!?」

あまりのまぶしさに、イシュトたちは思わず手をかざして、目を覆う。

瞬く間に、ヴァイゼンの巨体は消失した。

その代わり、長い金髪を背まで垂らした青年が一人、どこか神秘的な雰囲気を漂わせながら、ひっそりとたたずんでいる。

ドラゴンの面影は皆無だ。どこから見てもヒューマンの青年である。ちゃんと衣類も身につけている。

「おお……あれがヴァイゼンの変身した姿か。なんというか——男の俺から見ても、惚れ惚れとしてしまうな」

イシュトは呆気にとられた。いまのヴァイゼンは、あたかも一流の芸術家が完成させた神像のごとく、美しい青年なのである。

「ひゃあーっ!? なんですか、あの美男子ぶりは! まるで小説に出てくる王子様みたいじゃないですか! そりゃあ、魔女ブリガンだって惚れちゃいますわ……」

と、ミラブーカがあきれたように叫んだとたん、

「ごふっ!」

突然、ヴァイゼンは咳きこむと、その場にくずおれてしまった。

たちまち白皙の肌が土気色に変貌し、先ほどイシュトたちが討伐した屍兵にそっくりな雰囲気を帯びてしまう。しかも、露出した腕の皮膚からは、不気味な人面瘡が浮き上がっている。

もしかしたら、衣類で隠れている肌にも……。

「見るがいい。たとえ変身しても、この通り……呪いの効果はつづいている」

人の姿になったことで、ヴァイゼンは念話をやめていた。ただし、その喉から発せられた声は、まるで老人のようにしゃがれている。

「冒険者イシュトよ。望み通り変身してやったぞ。だが、重量は竜の姿であったときと同じだ。この山の頂上まで、どうやって運ぶつもりだ？」

ヴァイゼンの血走った双眸が、イシュトを射貫く。

イシュトはにやりとした。

「なに、簡単なことだ。俺がお前を背負ってやる」

「愚かなことをいう。たしかに、お前からは常人ならざる気配を感じるが……古竜ヴァイゼンの重みを、その細身で受けとめようなどとは笑止千万――ぬおわあああああっ⁉」

突然、ヴァイゼンは話の途中で絶叫した。

イシュトがずんずんと接近し、無造作にヴァイゼンの身体を持ちあげたからだ。

「なっ！　おおっ、お前……ほっ、本当に我の重みを――」

イシュトに「お姫様抱っこ」をされた状態のヴァイゼンは、おかしなくらいに狼狽している。

一方、仲間たちもイシュトの怪力を前に、呆然としていた。

「やっぱり、イシュトって規格外だよね……」

とアイリスがつぶやく一方で、

「いつものことですけど、とんでもない人です……！」

リッカはただただ賛美している。

「まあ、あたしとリッカさんを抱えたまま、サボイム湿原から王都まで、たった三分で走りきった人ですからね……」

ミラブーカも、もはや感嘆の溜息しか出てこないようだ。

一方、シギュンはなにやら見当ちがいなことをつぶやいている。

「シギュンも、抱っこしてほしい……」

「いやはや、まったく……おどろきすぎて腰を抜かすところだったぞ。おお、そうだ。もしかしたら、この指環が役に立つかもしれんな」

と、ダムドが指環を外して、ヴァイゼンの指にはめてやった。

すると、腕に浮かんでいた人面瘡が弱体化したように見えた。

「かたじけない、ダムド。少し気分が楽になったぞ」

「気休めにしかならんだろうが、役に立ってなによりだ」

竜と人――種族の壁を超えて友情を育んできた両者の言葉を聞きながら、イシュトは唸り声をあげた。

「うーむ。やはり重いな。さすがは古竜……」

事実、ヴァイゼンの重量は相当なものだ。たちまち、イシュトの両足が踏みしめている地面が、くるぶしのあたりまで陥没したのである。歩くのが大変そうだが、まあ、足元に注意すればなんとかなるだろう。

さすがに男を「お姫様抱っこ」するような趣味はないので、実際に山を登るときは、背負うことにしようと決めた。

2

「とりあえず、これでヴァイゼンを山の頂上まで運ぶことは可能になったわけだが……単に月光浴をするだけでは、駄目なのだったな？」

イシュトが確認すると、ヴァイゼンはうなずいた。

「ああ、そうだ。まずは満月の力を借りて、呪いの効果を最小限に抑える。その状態で、聖属性の攻撃魔法を浴びる必要がある」

「ふうむ。ならば、次は聖属性の攻撃魔法とやらについて、検討せねばならん」

　イシュトは考えこんだが、そもそも、この異世界の魔法体系に詳しいわけではないし、『異世界百科（リザレグ＝ガイナ）』には一般的な知識しか記載されていない。とりあえず、黒魔道士のリッカに尋ねてみることにした。

「なあ、リッカ。聖属性の攻撃魔法だが、使えるか？　攻撃魔法というのなら、黒魔法の一種なのだろう？」

　リッカは「とんでもない！」といわんばかりに、かぶりを振った。

「そっ、そんなの無理です！　そもそも聖属性の攻撃魔法は、白魔法で……」

「ほう。攻撃魔法なのに、白魔法に属するのか」

「はい。本当に特別なんです。高位の神官さんじゃなければ、まず使えませんし」

「そうか……。俺の腹時計が正しければ、すでに外は夕暮れ時だ。いまから聖属性の攻撃魔法を使える人材を探し当て、満月が上っている間にケイオル山の頂上に到達するなんて芸当は――いくら俺でも、さすがにお手上げだな」

　イシュトが天井を仰いだそのとき、

「聖属性魔法についてなら、なんとかなるだろう」

　そうつぶやいたのは、ヴァイゼンである。その視線は、先ほどダムドに嵌めてもらったセイクリッド・リングに注がれている。

「説明してくれ、ヴァイゼン」

イシュトがうながすと、ヴァイゼンはうなずいた。

「レア・アイテムのなかには、砕くことで使い捨ての魔法を発動させられるものがある。冒険者ならば、おぼえておくべきだな」

「では、そのセイクリッド・リングとやらも……？」

「厳密には、この指環の天然石――ホワイト・オーブだ。聖属性の魔力エネルギーを大量に秘めている」

「ほう」

「この石を砕くと、そのエネルギーが放出される。あとは、そのエネルギーに指向性を与えてやれば、攻撃魔法として機能するのだ」

「なるほど、興味深い裏技だな」

イシュトは感心した。

「ただし、問題なのは……どうやって指環を砕くのか、だ。ホワイト・オーブに、瞬間的に強烈な圧力を加える必要がある。最悪、ダムドが愛用しているバトル・アックスで叩き割るしかなさそうだが……成功するかどうか――」

「自信がなさそうだな。もっと確実な方法はないのか？」

「オーブを砕くときの定番は、やはりノーム族が愛用するハンマーだ。あれならば、素人でも簡単にアイテムを砕き、内に秘めた魔力を取り出すことができるが、そんなものが、都合良く手に入るはずもない……」

　その言葉を聞いて、イシュトは笑った。

「なんだ、そういうことか。ヴァイゼン、お前はブリガンにかけられた呪いのせいで、正常な判断能力を失っているようだな。おい、シギュン。お前のハンマーを見せてやるといい」

「ん、了解」

　シギュンはやや緊張気味に、ヴァイゼンのそばに歩み寄った。

「これなら、どう？」

　シギュンの得物を見せられたとたん、ヴァイゼンは瞠目した。

「これはまさか――」

　そのとき、ダムドが身を乗りだした。

「おいおい、お嬢ちゃん！　こいつぁ戦鎚ミョルニル――ノームの里に伝わる伝説級の武器じゃねえか！　生きてるうちに、再びお目にかかれるとはなあ！」

　ダムドは相好を崩すと、戦鎚ミョルニルをまじまじと見つめた。いまにも抱きしめそうなくらい興奮している。

「本当に懐かしいな！　ノームの里でこいつを見せてもらったとき、わしはまだ尻の青い若造にすぎなかった……いや、ちょっと待てよ？」

　ダムドは少年のように瞳を輝かせていたが、急にシギュンの顔をじっと見つめた。

「な、なに……？」

露骨に凝視されたシギュンは、たじたじとなった。

「お嬢ちゃん。どうして、こんな大層な武器を持っているんだ？　ノーム族でもないのに、よくぞこんな業物を託されたもんだな？　おかしくねぇか？」

「あうっ……」

せっかく名匠ダムドに対面できたというのに、例によってノーム族だとは認識してもらえなかったので、シギュンはがっくりとうなだれた。

イシュトは苦笑いを浮かべると、事情を簡単に説明してやった。

「戦鎚ミョルニルがあれば、オーブを砕くのは簡単だ。感謝するぞ、ノームと巨人の血を引く娘よ」

ヴァイゼンはシギュンに頭を下げた。

「でも、シギュン……オーブを砕くなんて、やったことない」

「単に叩くだけなら、俺でもできそうだがな」

イシュトが提案すると、ダムドはかぶりを振った。

「いや……戦鎚ミョルニルは特殊武器だったと記憶している。武器のなかには、持ち主を選ぶタイプがあるのだ」

と、ヴァイゼンが慎重な口ぶりで告げた。

「なに？　そんなことがあり得るのか？」

「ためしに、ミョルニルを持ってみるといい」

「どれ……」

イシュトはシギュンから戦鎚ミョルニルを受け取ろうとしたのだが――。

「なっ、どういうことだ⁉」

あろうことか、イシュトが柄を握り締めたとたん、戦鎚ミョルニルから放出されていた神々しいオーラは霧散したのである。

いまではもう、平凡なハンマーに成り下がっている。明らかに、ミョルニルはイシュトを拒絶していた。

「おどろいたな……この俺を拒むとは、とんでもない武器だ」

「理解できただろう。指環を確実に砕くためには、シギュンに頼るしかない」

ヴァイゼンは断言した。

「シギュンに、できる？」

やや不安げに、シギュンは問いかけた。

「問題ない。モンスターを叩くのと同じ要領で、まっすぐ振り下ろせばよいのだ」

ヴァイゼンはシギュンを安心させるように、微笑した。

「ん。やってみる」

シギュンは真摯な顔をしてうなずいた。

「これでオーブを砕く方法については解決したな。あとは……放出された魔力エネルギーに指向性を与える必要があるといっていたな？」

イシュトが問うと、

「その役目は……そちらの黒魔道士に任せたいと思う」

ヴァイゼンはリッカに目を留めた。

「えっ⁉　わたしですか？」

古竜ヴァイゼンに見つめられ、リッカはすっかり萎縮してしまった。まさか自分が声をかけられるとは、思ってもみなかったのだろう。

「問題ない。我の見たてでは、お前のレベルは初級と中級の狭間にある……なにも問題あるまい」

「で、ですが……わたしなんかにできるのでしょうか⁉　そもそも、聖属性の攻撃魔法は白魔法ですし……」

「関係ない。お前が黒魔法を使うときの、最終プロセスだけを実行すればよいのだ。そこだけは白魔法も黒魔法も共通だからな」

ヴァイゼンは事も無げに断言した。

「ええと、それって……わたしにとっては、あまり簡単だとは思えないんですけど」

リッカはだらだらと脂汗を流している。たしかに、誤爆だらけのリッカにとって、「魔力エネルギーに指向性を与える」という任務は、ちょっと厳しいかもしれないが……。

「安心しろ、リッカ。標的は巨大なドラゴンだから、狙いを外すことはありえん。それに、俺たちはちゃんと、お前の背後に避難する。安心して呪文を唱えればよいのだ」

「イシュトさん……」

「自分を信じろ。俺と出会う以前のお前と比べたら、随分と成長したのだからな」

「ですが、聖属性魔法をヴァイゼンさんが浴びてしまったら……お亡くなりになるんですよね……?」

とつぶやいて、リッカは悄然と肩を落とした。

「心やさしき娘よ。お前が罪の意識を抱く必要はない。本来ならば、我は数日前に寿命を迎えていたはずなのだ。ところが、呪いのせいで死ねなくなった……しかも、自分の意思とは無関係に、アンデッドを大量にまき散らしている。このままでは、いずれアンデッドは山を下りる。最悪、王都にまで被害を及ぼすかもしれぬ……」

「…………」

「お前は我を殺すのではない。救うのだ。頼まれてはもらえぬか?」

ヴァイゼンの懇願を受け、リッカはようやく顔を上げた。

いまではもう、決然とした眼差しをしている。

「ヴァイゼンさん……わかりました。ヘンリッカ・エストランデル――その役目、謹んで引き受けます」

「感謝するぞ、ヘンリッカよ」

そう答えたヴァイゼンの顔は、まるで笑顔を浮かべた仙人のように見えた。

「これで方針は固まったな。早速、ケイオル山の頂上を目指すとするか」

イシュトが皆をうながすと、

「ちょっといいかな?」

と、アイリスが進み出た。

「わたしの体感だと、この大空洞は六合目あたりに相当すると思う。頂上付近に抜けられるような出口があればいいんだけど」

「たしかにアイリスのいう通りだ。いちいち三合目の抜け穴までもどっていては、効率が悪すぎる。どうなんだ、ヴァイゼン?」

「ああ。この棲家にはいくつかの抜け穴があるが、そのなかの一つは七合目に通じている。山頂まで、そう遠くはない」

かくして、イシュトたちは山頂を目指す準備に取りかかった。

2

ヴァイゼンが教えてくれた抜け穴から外に出ると、すでに夕暮れ時だった。イシュトは青年の姿となったヴァイゼンを背負ったまま、獣道を歩き始めた。

しばらくの間は、細く険しい道がつづいたものの、やがて正規の登山ルートに合流できた。

これまでの茂みが嘘のように、視界がクリアになった。

世界はまさに、黄昏(たそがれ)のときを迎えていた。

前方には、広漠とした草原が広がり、その中央に一本の登山道が刻まれている。視線を真横に巡らせば、王都アリオスを視認できた。まるで都市のミニチュアだ。

あまりに雄大な景色に、イシュトたちはちょっと立ち止まり、茜(あかね)色に染まった世界に見とれた。

「ここまで来れば、頂上はすぐだよ」

アイリスが、皆を元気づけるようにいった。

危険なモンスターに遭遇することもなく、イシュトたちは着々と登山道を進むことができた。ふしぎなことに、いまやモンスターの気配すら感じない。

イシュトという強者の存在が影響しているという側面もあるだろうが、考えてみれば、ヴァイゼンはケイオル山の主と呼べる存在だ。その最期を邪魔しようなどと思うモンスターなど、いるはずもないか——と、イシュトは思った。

ここまで来ると、山林や岩盤は見あたらず、見渡す限りの草原が広がっているばかり。八合目においては、ちょっとした滝壺があり、清冽な水を補給することができた。これがハイキングだったなら、ここで一休みできただろう。

イシュトは黙々と登りつづけた。ヴァイゼンを背負っているため、一歩を踏み出すごとに、靴底が地面に埋没するのが面倒だったが、いつしか慣れた。

「世話をかけるな、冒険者イシュトよ。本当に、お前は大した男だ……よくぞ、我の重みに耐えている……」

背中ごしに、ヴァイゼンがそっとつぶやくのが聞こえた。

「気にするな。元々、俺たちは鍛冶師ダムドに用があったのでな。お前をなんとかしてやらんことには、ダムドを連れ帰ることもできん」

「冒険者の鑑だな、お前は」

ヴァイゼンが笑ったので、イシュトは顔をしかめた。

「冒険者になったのは、ただの成り行きだ。元々、俺は冒険者という連中が苦手だし、向いているとは思えん」

「そうでもないと思うがな。お前たちはいま、立派に冒険者パーティーをやっているではないか」

ヴァイゼンの声は、まるで親のような温かさを感じさせた。

そのとき、リッカが「あっ……」と、悲痛な声を洩らした。

「どうした？」

イシュトが声をかけると、リッカは立ち止まって、空を仰ぎ見ているところだった。

「いま、ぽつんと……雨が――」

イシュトたちは一斉に立ち止まると、リッカに倣って空を見上げた。

山を登っている間に、夜になっていた。暗視スキルを持つイシュトは気にも留めていなかったが、すでにミラブーカは角灯を使っている。

リッカが不安がるのも当然だった。

夜空を覆う雨雲は――あまりにも無慈悲だったのだ。

3

「まったく、ダーシャも人が悪いな」

水属性の召喚獣ウンディーネをケイオル山に派遣し、一息ついたダーシャを横目で見やりつつ、アスモデウスは嘆息した。

「あくまでも、古竜ヴァイゼンを苦しませるつもりか？」

「だって、お母様の心を弄んだ邪竜だもの」

ダーシャは悪戯っぽく微笑んだ。

「もっと苦しんでもらわなくちゃね。お母様の呪いを打ち消そうなんて企みは、娘のわたしが食い止めてみせるわ」

「おっかない娘だな」

改めて、アスモデウスは隻眼を水晶球に近づけた。そこには、いまも山頂を目指すイシュトたちの様子が映しだされている。

「冒険者イシュト……よくよく魔女ブリガンに縁のある男だな」

アスモデウスは若干の期待をこめつつ、つぶやいた。

「さて――この窮地を、どう切り抜けるかな？」

4

それから一時間とかからずに、イシュトたちは山頂にたどり着いた。

山頂は平地となっている。王国政府が整備したのだろう、要所に魔晶灯が設置されており、一帯を照らし出していた。

見渡す限り、美しい花畑だ。夏の花々が咲き乱れている。そして、花畑の中央には、一目で遺跡だとわかる建造物が、ひっそりと佇んでいた。

これで夜空に満月が輝いていれば、幻想的な光景となっていただろう。

だが——雨が強く降っている。

イシュトたちが九合目に差しかかったあたりから、本格的に降り始めたのだ。時折、遠雷の音も聞こえてくる。

「にわか雨なら良いのだがな」

イシュトは忌々しげに、ぶ厚い雨雲に覆われた夜空を仰ぎ見た。あたかも意地悪な神がイシュトたちを見ていて、月夜に蓋をしてしまったかのように思われた。

「あの空模様ですと、長雨になるかもしれないですね……」

と、リッカが無念そうにつぶやくのが聞こえた。

「神様は意地悪です！　今夜くらい、スカッと晴れたっていいじゃないですか！」

一方、ミラブーカは怒り心頭に発している。気持ちは痛いほどわかるが、大自然を相手に怒ってもしかたがない。

「ちっ。これも魔女ブリガンの呪い——なんてことはねぇだろうが、忌々しい限りだぜ」

豊かな顎髭から水滴を垂らしつつ、ダムドも嘆いている。

とりあえず、イシュトはヴァイゼンを背負ったまま、花畑の中央に歩を進めた。アイリスたちも黙ってついてくる。

「ヴァイゼンよ、お前がいっていた神殿とは、あれのことだな?」

「ああ、そうだ。見ての通り、いまでは石畳と柱しか残ってはいないが、むしろ月光浴をするにはちょうどよい」

「では、あそこで下ろしてやろう」


やがて、イシュトは神殿の中央部分にたどり着いた。神殿区画に敷き詰められた石畳は、雨に濡れて暗灰色になっている。

イシュトは、ヴァイゼンを床に下ろしてやった。

「ふう……そうだ、指環を返しておかんとな。ありがとう、ダムド」

と、ヴァイゼンが思い出したようにつぶやいた。指環を外すと、ダムドに返却する。そして、竜の姿にもどった。

そこそこ広いと感じられた神殿内部は、あっという間に、古竜ヴァイゼンの巨体に四割ほどを占められた。

とりあえず、イシュトたちも一息つくことにした。このまま濡れ鼠(ねずみ)になっていては身体に障(さわ)るし、野営用の天幕を張ることにしたのだ。

アイテムのスペシャリストであるミラブーカの指導のもと、イシュトたちは神殿の脇に天幕を張った。

また増殖を始めたアンデッドを掃討しつつ、野営の準備は三十分足らずで終えた。

見合わせたように、イシュトたちは夜空を見上げた。

雨がやむ気配は——悲しいくらいに感じられない……。

「お月様……今夜はもう、会えないの？」

シギュンが残念そうにつぶやいた。

イシュトは思案した。

——どうすればいい？　俺にできることはないのか？　考えろ、イシュヴァルト・アースレイ！　お前は魔王だろうが！　あの忌まわしい雨雲を吹き飛ばし、満月を拝む方法の一つや二つ、考えてみせろ！

その瞬間、イシュトは妙案を思いついた。

5

「ところでヴァイゼン。この神殿だがな、昔はなんという神を祀っていたのだ？」

イシュトがなにげない調子で尋ねると、ヴァイゼンは怠そうに念話で応答した。

『月の女神、ルナマリスだ』

「ふむ。どこかで聞いたことがあるような……」

　イシュトが首をひねっていると、リッカが教えてくれた。

「九月の象徴神ですよ、イシュトさん。月の女神であると同時に、狩猟が得意なことでも有名です。エルフ族の守護神でもあります」

「おお、そうか。なによりも満月の恵みを欲する俺たちにとっては、お誂え向きだな」

　イシュトは笑った。

「では、お前たちに頼みがある。俺はちょっくら、山頂の周辺を偵察してくるのでな」

「それなら、わたしも一緒に……」

　アイリスが腰を上げようとしたが、イシュトは制した。

「いや、俺一人で十分だ。いまなおヴァイゼンの肉体からはアンデッドが涌いている。アイリスはシギュンとともに、アンデッドを倒してくれ」

「それは、かまわないけど……」

　イシュトの意図をつかみきれず、怪訝そうな表情を保っているアイリス。

「ん、わかった」

　一方、シギュンは素直に承諾した。

「それと――リッカとミラブーカ、それにダムド。お前たちにも是非、やってもらいたいことがある」

イシュトは三人を振り返った。

「わっ、わたしにできることなら、なんだっていってください！　がんばります！」

「あたしだって、道具士として全力を尽くしてやりますよ！」

「鍛冶師にできることがあるのかどうかはわからんが……まあ、いってみな」

「うむ。お前たちは、月の女神ルナマリスに祈りを捧げるがよい」

「ちょっ⁉　イシュトさん？　あたしらをからかってるんですか？　この状況で神頼みって……なんの冗談です？」

ミラブーカが真っ先に眉を吊りあげたが、イシュトは一蹴した。

「いや、俺は大真面目だ。案外、月の女神が願いを聞き届けてくれるかもしれん。では、俺は偵察を始めるぞ――」

雨が降りしきるなかを、イシュトは颯爽と駆けだした。

6

「……ふう。ここまで来れば、あいつらに見られることもあるまい」

九合目あたりまで引き返したイシュトは、独り言を洩らした。ちょうど周囲は平地となっており、樹木は一本も生えていない。視界を遮る障害物は皆無である。

イシュトの考えとは、簡単なことだった。

……まだ、イシュトが暗黒大陸で暮らしていた当時の話である。

二代目魔王に即位したイシュトは、自身の戴冠式(たいかん)において、ちょっとしたパフォーマンスを試みた。超長距離攻撃魔法を使って、三つも浮かんでいた月の一つを破壊したのである。決して無能な「二世魔王」ではないのだぞ、と民衆に知らしめるために、あえて実施したのだった。

イシュトは笑った。

「そうだ。騎士見習いなどというジョブに戦闘スタイルを合わせているうちに、すっかり魔法から遠ざかっていたが……かつては月をも砕いてみせた俺だ。雨雲を吹き散らすなど、造作もないはずだろう」

いよいよ強さを増した雨に打たれつつ、イシュトはつぶやいた。

いまではもう、自分ならば必ずできる、という確信が胸に満ちている。

「では、始めるとするか。月を誤爆せんよう、それだけは注意せんとな……リッカを笑えなくなるぞ」

イシュトは右手を闇夜にかざしなら、夜空をキッと見据えた。たちまち、無数の雨粒が叩きつけるようにして、顔面に降り注いだ。

大がかりな魔法ではあるが、長ったらしい呪文を唱えるつもりはない。

イシュトほどの実力者ともなれば、魔法は無詠唱で発動させるのが常識である。起動のための一言さえあれば、難なく魔法をぶっ放すことができる。

「消えろ」

ぼそりとつぶやいた刹那(せつな)、イシュトの全身が強烈な光輝に包まれた。

いま、イシュトの右手から一条の光芒(こうぼう)が放たれて、闇夜をまっすぐに貫き通す。

その直後、ぶ厚い層を成していた雨雲は、四方八方に吹き散らされたのである。

と同時に、なにやら怪鳥の叫び声のような、不気味な声が聞こえたような気がしたが――

確証は持てなかった。空耳かもしれない。

なにはともあれ、強さを増していた雨は瞬時にやんだ。

いまではもう、まばゆいばかりの月夜が顕現していた。

「おお……見事な月夜ではないか」

イシュトは目をみはった。

満月の夜を、これほどまでに美しいと感じたのは、生まれて初めてのことだ。

「さて、もどるとするか」

イシュトは意気揚々と引きあげた。

7

一方、魔女ダーシャの工房では――。

「なっ、なんだってーっ⁉」

驚愕のあまり、我を忘れて叫ぶアスモデウス。

「冒険者イシュトめ！　雨雲を吹き散らしたのみならず、ダーシャが放った召喚獣ウンディーネまで巻き添えにしてしまったぞ！」

「これは……予想以上ね。イシュヴァルト・アースレイ――わたしの予想を軽々と凌駕（りょうが）してくれたわ」

ダーシャもまた、水晶球に映し出された情景を眺めつつ、ぽかんと呆けることしかできなかった。

QUEST 7「大丈夫だ。俺を信じろ」

1

「月の女神ルナマリス様……お願いです、その美しいお姿を、見せてください……」

先ほどイシュトに指示された通り、リッカは真剣に祈りを捧げていた。

ルナマリスはエルフ族が信仰する神でもあるので、リッカにとっては馴染み深い。

「ちょっと、リッカさん？　イシュトさんのいったこと、本気にしてるんですか？」

と、早々と祈禱に飽きてしまったミラブーカが、リッカの耳元でささやいた。

「たしかに、神頼みで雨がやんだら苦労しませんけど……でも、イシュトさんの言葉は、なんだか確信に満ちているようでした。わたし、イシュトさんを信じようと思うんです」

「はあ〜。しかたないですね。それじゃあ、あたしもお祈りをつづけてみますよ」

「はい！　一緒にお祈りしましょう！」

「その言葉、ダムドさんにも聞かせてあげたいですけどね……」

といって、ミラブーカはダムドに視線を巡らせた。

「あはは……お祈りしながら寝てしまったみたいですね」

「この雨のなか、よく眠れますよね……」

リッカとミラブーカの視線にも気づかず、ダムドは地面にあぐらをかいたまま、船を漕いでいる。その傍らには、大きな酒樽。七十を過ぎた老体にもかかわらず、ダムドはこの重たい酒樽を自分で担いできたのである。

しかも、アイリスたちが親切心から手を貸そうとしても、ダムドは頑として拒んだのだった。あくまでも、この酒樽は自分で運ぶと主張したのだ。

「お疲れだったのでしょうね。そっとしておきましょう」

リッカは微笑すると、神殿の周囲を見渡した。

アイリスとシギュンは、神殿の中央部に横たわっているヴァイゼンのそばについている。新たなアンデッドが涌いたら、即座に討伐するためだ。あの二人は、いまも自分の仕事を着々とこなしている。

ならば、リッカもまた、自分にできることをやらねばならないと思う。

たとえ、それが神に祈ることだとしても——。

そのときだった。

「……えっ？」

一瞬、流れ星かと思った。

だが、流れ星とは降り注ぐものであり、夜空を駆けあがったりはしないだろう。

それは、一条の光芒だった。

夜天の中央をめがけて、投げ槍のごとくほとばしり、ぶ厚い雨雲に突き刺さる。

その直後、夜空を覆い隠していた雨雲が爆散したのだ。

リッカは硬直した。

なにが起こったのか、まったく理解できない。

目の前の現象が、あまりに信じられなくて、頭が追いつかないのだった。

いまではもう、雨はぴたりとやみ、煌々と輝く満月が浮かんでいる。まさしく、女神のような威厳を感じさせながら。

「ふんぎゃあーっ！　どっ、どどっ、どういうことですか⁉」

絶句したリッカとは対照的に、ミラブーカは全身でおどろきを表現した。すっかり度肝を抜かれてしまったようだ。

「……なんでぇ、騒がしいな」

ダムドが目を覚ました。文句をいいながら、なにげなく夜空を見上げて——たちまち、眼球が飛びだしてしまいそうな顔をした。

「ぬおおおおっ！　どっ、どういうことだ⁉　もしや俺の祈りが天に通じたのか！

がーっはっは！　ざまあ見やがれってんだ！」

「いやいや、ダムドさんは寝ていただけでしょーが。調子いいんだから……」

ミラブーカが毒づいたが、ダムドは聞いてもいなかった。

そのとき、ずっと神殿に詰めていたアイリスとシギュンが、こちらに走ってくるのが見えた。

「一体、なにが起こったの？　アンデッドに気を取られていたせいで、状況がわからないんだけど……ヴァイゼンさんに聞いても、『自分にもわからない』の一点張りだし」

息せき切って駆けつけるなり、アイリスが尋ねてくる。

「あはは……わたしたちにも、よくわからないんです。ほんの一瞬、夜空が光ったように見えたのはたしかですけど」

「夜空が光った？」

リッカの報告に、首をかしげるアイリス。

「もしかして……リッカたちのお祈り、神様が叶えてくれた？」

一方、シギュンが無邪気なことを口にしたので、リッカは思わず抱き締めてしまった。

「むむっ、リッカ……苦しい……」

目を白黒させるシギュン。

「なんだかよくわかりませんけど……まちがいなく、雨はやんだんです！　夢じゃないんです！　お月様が、やっと顔を出してくれました！　うわあああっ……！」

シギュンを抱き締めたまま、リッカは感極まってしまい、号泣してしまった。

「ちょっ、リッカさん！　そんなに泣かないでくださいよ！　なんだか、あたしまで泣けてきたじゃないですか！」

いつしかミラブーカまでが、もらい泣きをしていた。

2

「ふう……あんな大魔法を使ったせいか、やたらと腹が減ってきたな。ん？　あいつらはなにをやっているのだ？」

イシュトが何食わぬ顔で山頂にもどってみると――。

なぜだかリッカとミラブーカが、シギュンを挟みこむようにして抱き合いながら、号泣していた。そんな二人の背中を、アイリスが撫でてやっている。

一方、ダムドの姿が見えないと思ったら、ヴァイゼンのそばに座りこんでいるのが見えた。その脇には、例の酒樽が置かれている。

なんと、ダムドはヴァイゼンを相手に酒盛りを始めていたのである。

「おい……これはどういう状況だ？」

イシュトが尋ねると、アイリスは微笑した。

「理由はよくわからないんだけど、急に雨がやんで、雨雲も消えてしまったの。で、最初にリッカさんが感極まって泣いちゃって……ミラブーカさんは、もらい泣き。ダムドさんは、見ての通り酒盛りを始めてる」

良くも悪くも感傷的なリッカとミラブーカは、目の前で起きた奇蹟に感動しすぎたようだ。

対照的に、アイリスとシギュンは冷静さを保っている。

「あっ、イシュトさん！　お月様が輝いていますよ！　本当に、本当に、女神様がわたしたちの願いを聞き届けてくださいましたっ！」

「ほらほら！　見てくださいよ、あの満月！　心が洗われるようです……！」

イシュトに気づいたリッカとミラブーカが、涙と鼻水で顔をくしゃくしゃにしながら、歓喜の声をあげた。

「おう」

イシュトは苦笑した。

「ねえ、イシュトはなにか気づかなかった？　あんなふうに雨雲が一掃されるなんて、普通じゃ考えられないと思うんだけど」

と、アイリスがふしぎそうに指摘した。

「いや、まあ……女神が願いを聞き届けてくれた。それでよいのではないか？」

あくまでも、イシュトは嘘を貫き通すことにした。

過去にも散々、自分の能力を見せつけてきたわけだが、さすがに今回の大魔法は格がちがう。たとえ信頼の置ける仲間であっても、見せてはいけないような気がしたのだった。

「なんだか……怪しい」

アイリスは、じとーっとした目でイシュトを見つめてきた。さすがは冒険者ギルドが誇るエリート騎士だけあって、一筋縄ではいかないようだ。

「本当は、イシュトがなにかしたんじゃない？　素手でドラゴンを倒せるような人だし」

なおもアイリスは食い下がったが、

「はっはっ。いくら俺でも、雨雲を吹き飛ばすなどという芸当、できるものか」

あくまでも、イシュトはしらばっくれた。

3

『ふう……。心地よいものだな。こうして、また月の光を浴びることができるとは……』

神殿の中央部で、のんびりと身を横たえているヴァイゼンは、見るからに満足そうである。

早速、月明かりの効能が表れたのだろうか。

アンデッドの無限増殖もぴたりと止まっていた。あくまでも一時しのぎにすぎないことはわかっている。が、ヴァイゼンの幸せそうな様子を見ていると、イシュトの心も和んだ。いろいろと苦労はしたが、山頂までヴァイゼンを連れてきて、本当に良かったと思う。

ヴァイゼンとダムドが歓迎してくれたので、イシュトたちも酒盛りに加わることとなった。

元々、ダムドは「酒でも飲みながら、笑顔でヴァイゼンを見送る」という約束を交わしていた。その約束に、イシュトたちも参加することになったのである。

あんなに大きな酒樽を持参したダムドは、なんと酒肴もたっぷりと用意していた。

いまや神殿の中央部は、ちょっとした宴会場となっている。

「かーっ！　うんめえっ！」

いかにも美味そうに酒を飲むダムドを見て、イシュトも酒杯に口をつけた。

「おおっ、こいつは良い葡萄酒だな！」

イシュトはびっくりした。魔王の舌をも満足させるほどの、深紅の葡萄酒――かなりの高級品ではないだろうか。

「おうよ。この日のために、大枚はたいて樽ごと仕入れたのさ。年代物だぜ」

「ユリムが『うちは貧乏』だと嘆いていたが、これが原因か……」

イシュトはあきれた。

「がーっはっは！　金は天下の回りもんだ。貯めこんだってしかたねぇよ。わしは宵越しの金は持たねぇ主義なんでな！」

「ユリムの苦労が目に浮かぶようだな」

「あ、あの……ダムド……いえ、お師匠様！」

突然、シギュンがダムドの正面で正座した。

「ん？　なんでぇ、嬢ちゃん。藪（やぶ）から棒に？」

「シギュンを……弟子にしてください」

「なんだ。お前さん、鍛冶師を目指してんのか？」

「ん、肯定」

「へえ！　まだ若いのに感心じゃねぇか！　かまわねぇよ！　今夜のわしは最高の気分だからな！　なんだって聞いてやらあ！」

ダムドは上機嫌で答えた。

たちまちリッカとミラブーカが歓声をあげて、シギュンに抱きついた。

「やりましたね、シギュンちゃん！　弟子は取らない主義だと聞いていましたけど、もう心配は要りませんね！」

「これで鍛冶師への道が開けましたね！　あたしは道具士、シギュンさんは鍛冶師！　お互い一流を目指してがんばりましょう！」

「ん……うれしい」

シギュンは涙を浮かべながら、滅多に見せない笑顔を見せた。

4

いつしか満月は中天に差しかかっている。

『ダムドよ。そろそろ、別れのときがきたようだ』

頃合いを見計らい、ヴァイゼンが重々しく告げた。

「んあ？　まだ早くねぇか？」

満月を見上げながら、ダムドは残念そうに尋ねた。

『いままさに、月がもっとも美しく輝いているいまをおいて、他にない』

ヴァイゼンの意志は固いようだ。

「……わかった」

ここ数時間、酔っぱらいの爺さんでしかなかったダムドは、急に真顔になると、立ち上がった。

もっとも、イシュトたちもダムドに倣い、準備を始める。

為すべきことは、イシュトにできることはなにもない。すでに決まっている。

「始めてくれ」

ヴァイゼンが厳粛な口調で告げた。

神殿の内部には、祭壇の名残だろうか——台座のような物体が安置されたままだ。高さが手頃なので、ダムドはそこに指環を置いた。

「シギュンの嬢ちゃん。頼む」

「ん」

シギュンはやや緊張気味に応じると、台座の前に立った。そして、戦鎚ミョルニルを頭上に振りかぶった。

「はっ！」

気合をこめて、戦鎚を振り下ろす。

その直後、神殿内部に真っ白な光が満ちあふれた。

極めて神聖な魔力エネルギーが、夜空に向けて放出されたのである。

「おお……」

イシュトは感嘆すると同時に、ほんの少し、畏怖の念を抱いた。イシュトの基本属性は闇である。聖属性とは対極に位置するのだから、当然といえば当然だった。

『エルフの血を引く娘、ヘンリッカよ。よろしく頼む。我を救い、天へと導いてくれ』

と、ヴァイゼンがリッカに言葉を送った。まるで、リッカを慈しむような念話だった。

「わかり……ました」

リッカは涙を浮かべながらも、決然とうなずいた。両手を広げ、聖属性の魔力エネルギーと対峙する。そっと目を閉じて、集中力を高める。

そして、事前にヴァイゼンから教わっていた神聖魔法の呪文――その結句だけを、峻厳な口調で告げた。

「闇に光を――セイクリッド・シャイン」

その刹那、いましも周囲に拡散しつつあったエネルギーに変化が生じた。

やや距離を置いて見守っていたイシュトには、まるで空気の流れが急転したかのように感じられた。

いままさに、聖属性の魔力エネルギーがヴァイゼンの巨体を包みこむ。そして、巨大な柱のごとく、大地から夜空へ向けて、勢いよく奔騰した。

「ヴァイゼン！」

ダムドが涙ながらに、その名を呼んだ。

『我が友、ダムドよ。孤独に慣れた我のもとに、足繁く通ってくれたこと……感謝する。楽しい晩年であったぞ……』

光の柱に包まれながら、ヴァイゼンは最後の念話を送ってきた。

『それと、協力してくれた冒険者たちよ……お前たちにも、感謝を。もし生まれ変わることができたなら……また世界各地を冒険してみたいものだ……』

「ああ。そのときは、チーム・イシュトの一員に加えてやる」

イシュトは、あえて笑顔で答えた。

『それは……楽しみだな』

その言葉を最後に、古竜ヴァイゼンは昇天した。

そして、神殿の中央部には、見るからに雄々(おお)しい骨格が、まるで標本のごとく遺されたのである。

いかなる理由かはわからないが、生前の姿を髣髴(ほうふつ)させるように、骨は散在することなく、竜の骨格をしっかりと保っている。

「終わったな――」

イシュトはぽつりとつぶやいた。

魔王といえども、やはり死や別れは悲しい。

とはいえ、ヴァイゼンは死を肯定的に受け止めて、自らの意志で選んだ。

その強さは、尊敬に値すると思う――。

そのときだった。

「イシュト、気をつけて！　なにか変だよ！」

アイリスが宝剣グラムをサッと抜いて、身構えたのである。

その視線は、ヴァイゼンの遺骨に固定されている。

「むっ？」

イシュトも気づいた。

ヴァイゼンの頭蓋骨――眉間のあたりに、怪しげな紋章が浮かびあがったのである。

と同時に、骨格全体がどす黒いオーラに覆われたかと思うと、まるで生身のドラゴンさながら、ゆっくりと起きあがった。

「なっ、なにが起こっているんですか⁉」

ミラブーカが素っ頓狂な声をあげながら後退すると、

「あれが呪いの正体みたいだね。ヴァイゼンに取り憑(つ)いていた、〝呪魔(じゅま)〟の一種だと思う」

と、アイリスが説明した。

「ふん。ただの呪いではなかったというわけか。面倒な話だが、あれを倒せば今度こそ一件落着だ。行くぞ！」

イシュトの号令が、戦闘開始の合図となった。

5

古竜ヴァイゼンの遺骨に憑依(ひょうい)した呪魔は、まさしく一匹の竜さながらの威圧感をもって、イシュトたちに肉迫してきた。

対するイシュトたちの布陣は――。

前衛＝イシュト、アイリス、シギュン
後衛＝リッカ、ミラブーカ

ちなみに、冒険者の資格があるとはいえ、鍛冶師ダムドは老齢だし、まだ酒が抜けていないので、最後方で待機することとなった。本人も自分が足手まといであることは充分に自覚しているようで、イシュトの指示に大人しく従ってくれた。

「ヴァイゼンさんの遺骨を攻撃しなくちゃならないなんて、つらいです……」

と、リッカが無念そうにつぶやいた。

「やむを得ん。情はいったん脇に置いて、このクエストに終止符を打つぞ！」

イシュトは全員に向けて叫んだ。魔王スキルの一種「鼓舞」が発動し、全員の闘志が飛躍的に上昇する。

「うおおおおっ……！」

まずはイシュトが突進し、呪魔の前脚を狙った。まずは下半身を攻め、動きを鈍らせるつもりだった。

だが――。

イシュトの拳は、呪魔の全体を包み込む漆黒のオーラに阻まれて、なんらダメージを与えることはできなかった。

「ちっ。物理攻撃を防ぐフィールドか。ならば……リッカ！　なんでもいい、攻撃魔法を当ててみろ！」

「了解です、イシュトさん！」

イシュトの指示を受け、リッカはすかさず呪文を唱え始める。

「炎の神イグニカよ……人類に炎を授けし神よ……其は原初の炎にして、叡智の起源なり。その偉大なる輝きをもって、我を扶けたまえ――」

一節ごとに、呪文が完成へと近づいていくにつれ、リッカの周囲に膨大な魔力の波動が充ち満ちていく。

一方で、イシュトたちは誤爆を警戒し、一斉にリッカの背後へと待避した。

「ファイアボール！」

そして、リッカの魔法が炸裂する。

ファイアボール――黒魔道士のだれもが最初に覚える、初級魔法ではあるが――。

たちまち、呪魔の周囲が大爆発を起こした。火柱が次々とあがっては、周囲を燃やしていく。もはや「炎の壁」と形容してもかまわない。

いつものことながら、とんでもない火力だった。事前に待避していなければ、イシュトたちも確実に巻きこまれていただろう。

「やりましたね、リッカさん！　ナイスです！」

ミラブーカが歓喜の声をあげる。

「いやいやいやいや！　あれのどこがファイアボールだ⁉」

事情を知らないダムドが遠巻きに眺めつつ叫んだ。

「リッカ……実は大魔道士？」

仲間になって間もないシギュンもまた、ぽかんと呆けている。

だが、イシュトだけは――まだ呪魔が健在であることを、敏感に察知していた。

「お前たち、まだ気を抜くのは早いぞ」

イシュトが警告した直後、炎の壁の向こうから、のっそりと呪魔が姿をあらわした。どうやらノーダメージだったようだ。

「それなら――」

リッカは別の黒魔法の呪文を唱え始めた。

「極北の大地。切り立つ氷河、闇夜に輝くポラリス、其は氷の国……水神アクエリアよ、我が願いを聞き届けたまえ――」

再び、リッカを取り巻く空気に異変が生じる。

「ブリザード！」

今度は猛吹雪が生じて、猛然と呪魔に吹きつけたが――しかし、呪魔はびくともしなかった。痛みすら感じていない様子である。そもそも骸骨に憑依している状況なので、痛覚など備えてはいないのだろうが。

「ううむ。どうやら魔犬ケルベロスと同じく、特殊な条件を満たさぬ限り攻撃が通らぬ仕組みらしいな」

イシュトが思わず唸ると、

「呪魔なら闇属性にまちがいないから、聖属性を帯びた攻撃か魔法なら通用すると思うよ。逆に、そうじゃなければ、あの闇属性フィールドは突破できないと思う」

アイリスが宝剣グラムを構えつつ、解説した。

「なるほどな。だが、ダムドが所持していたホワイト・オーブは砕いてしまった。聖属性の攻撃魔法は、もはや使えん。となれば、聖属性を帯びた攻撃——そうだ、シギュン！　お前の戦鎚ミョルニルなら、通るのではないか？」

イシュトが声をかけると、

「やってみる」

シギュンは無表情で応じると、どどっと駆けだした。

「待って、シギュン！　先に狂戦士化(バーサーク)を使ってからじゃないと！」

と、アイリスがあわてて注意する。

「しまった、普段のあいつはレベル3……まともに突撃して、かなう相手ではないぞ！」

イシュトも重大な事実に気づかされた。

ヴァイゼンの遺骨に憑依した呪魔のレベルは不明だが、魔女ブリガンの置土産（おきみやげ）だ。生半可なレベルのはずがない。

「もどれ、シギュン！」

だが、すでに遅かった。シギュンは予想外の俊敏さを発揮して、呪魔のそばに到達したのである。

「ふんっ！」

その前脚をめがけて、シギュンは渾身（こんしん）のフルスイングを披露した。

その瞬間、閃光がほとばしると同時に、耳障りな音がイシュトたちの鼓膜を震わせた！

「反応があったよ！　シギュンの戦鎚なら、闇属性のフィールドに効果があるみたい！　あのフィールドさえ破壊できれば、勝機はあるはず」

アイリスの言葉に、イシュトは希望を抱いたが――。

「だけど……ダメージが小さすぎるみたいだね」

つづけてアイリスが洩らした言葉には、思わず呻（うめ）いた。

一体、なにが問題なのか――。

次の瞬間、呪魔が猛然と尻尾を振り回したので、シギュンは転がるようにして逃げてきた。

「まずい！」

イシュトは跳躍すると、シギュンを抱きかかえ、素早く待避したのだった。


シギュンを小脇にかかえたまま、イシュトはアイリスに声をかけた。

「やはり、いまのシギュンではレベルが低すぎて攻撃が通らないようだな」

「だね。普通のモンスターなら問題なくても、あの呪魔が相手じゃ……シギュン自身がレベルアップしないと、どうにもならないんだと思う」

「ならば、シギュンにはいますぐ狂戦士(バーサーカー)になってもらうしかないぞ」

「問題なのは、自分の意志では狂戦士(バーサーク)化できないってことだよね」

「うむ。それがいちばんの問題だ……」

そのとたん、呪魔が「キシャアアアアアッ！」と名状しがたい叫びを放つと、口から漆黒の炎を吐きだした。

「くっ！」

イシュトはシギュンを抱き締めると、あわてて回避した。

アイリスも華麗に跳躍することで、やりすごした。

「ミラちゃん危ないっ！」

一方、リッカはミラブーカを突き飛ばすことで安全圏に押しやったものの——自身は黒い炎の余波に巻きこまれ、吹き飛ばされてしまった。他方、ダムドは最後方で待機していたおかげで、巻きこまれずにすんだ。

「リッカさん⁉」

ミラブーカが悲痛な叫びを発した。

「リッカ！　おい、リッカ！　返事をしろ！」

イシュトも焦燥に駆られつつ、リッカの名前を呼んだ。

やがて黒煙が晴れると――幸いにも、リッカは自分の足で立っていた。全身が土砂で汚れてはいるものの、目立った怪我もないようだ。

「良かった、リッカさん……！　あたしをかばって攻撃を受けるなんて、なんて無茶なことを！」

ミラブーカが涙目で叫ぶ。

イシュトも安堵したのだが――ふと、強烈な違和感をおぼえた。

リッカの表情が、明らかに変なのだ。

目は虚ろだし、焦点が定まっていない。まるで虚空を見つめているようだ。しかも、唇をだらしなく半開きにしている。

「おい、リッカ？　お前――」

「気をつけて、イシュト！　状態異常の一種――混乱だよ！」

さすがに戦闘経験が豊富なアイリスが、すぐさま警告を発した。

「なに――!?」

イシュトが愕然としたのも束の間、

「ふぁいあぼ～」


リッカが魔法を使った。なんと無詠唱によるファイアボールであった。口にしたのは結句だけで、しかも普段のリッカとは明らかに発音がちがった。妙に流暢なのだ。

その威力がどれほどのものかは、すでにイシュトたちは熟知している。

しかも、リッカは問答無用で、ファイアボールの連発を始めたのである。

あの妙に気どった口調で、何度も何度も「ふぁいあぼ～」を繰り返す!

「なんと! もしや、これがリッカの本気か……!?」

轟音に次ぐ轟音。

「ふぁいあぼ～」

あちこちで噴きあがる炎の柱。

「ふぁいあぼ～」

虫けら一匹すら生かしては帰さぬ、といわんばかりの猛攻である。事情を知らぬ者がいまのリッカを見れば、「どこの大魔道士様だ!?」と勘違いするだろう。

「……クエッ⁉」

いまや呪魔ですら、リッカのファイアボールを警戒するあまり呻くと、距離を置いてしまったほどだ。

リッカを混乱させた呪魔にとっても、これは想定外の事態だったのかもしれない。

「ひええええ〜っ！」

「リッカ、狂戦士（バーサーカー）よりも強い……」

「おいおい、さっさとあの嬢ちゃんを止めろよ！」

ミラブーカとシギュン、そしてダムドも、もはや逃げまどうことしかできない。

「うーむ。リッカが混乱すると、これほど厄介な相手となるのか。まったくもって、新発見だな」

一方、イシュト自身は、たとえ炎の魔法を食らったところで痛くも痒くもないので、冷静に状況を見極めることができた。

「おい、ミラブー！　なにか役に立ちそうなアイテムはないか？　リッカを傷つけるわけにはいかんから、ノーダメージのものを頼む！」

「えぇっとですね……」

ミラブーカは、あわててバッグのなかを探った。

「あっ、ありました！　睡眠効果のある手投げ弾です！」

「よし、俺が許可する！　さっさとぶん投げろ！」

「了解ですよっ！」

イシュトの指示に応じて、ミラブーカは投擲のモーションを披露した。たちまち、夜の闇を切り裂くようにして、手投げ弾が飛んでいく。

――ぼふっ！

なにやら冗談めいた爆発音とともに、リッカは煙に包まれた。

やがて煙が晴れると、

「ふにゅううう……」

リッカは膝から崩れ落ち、すやすやと眠りについたのだった。

「よくやったミラブー！　勲章（くんしょう）に値する働きだ！」

イシュトは本心からミラブーカを称賛した。

「そっ、そんなに褒められると、照れちゃいますって……」

ミラブーカは頬を真っ赤に染めながらも、素っ気ない返事をよこした。そして、眠りに落ちたリッカを抱きかかえると、後方へと待避させる。

とりあえず、混乱状態のリッカが巻き起こした騒動は収束した。

呪魔があんなにも厄介な手札を持っていると判明した以上、早期決戦は必至だな――とイシュトは思った。

問題なのは、シギュンをどうやって狂戦士化させるか――だ。

「どうする、イシュト？　このままだと、じり貧だよ……」

アイリスが不安げに尋ねてくる。

そのとき、イシュトは突発的に思い出した。

――そうだ！　アイリスとシギュンが決闘していたとき、アイリスは意図的にシギュンを覚醒させたではないか！　あれと同じ要領で……！

イシュトはアイリスに声をかけた。

「アイリス。俺を信じて、ここで待機していろ。なにがなんでも、シギュンを全力で護れ。この場を乗り切れるか否かは、シギュンにかかっているのだからな」

「どうするつもり？」

イシュトは自信たっぷりの笑みで応えた。

「大丈夫だ。俺を信じろ」

6

アイリスにシギュンを託すと、イシュトは呪魔に向けて駆けだした。ほとんど瞬間移動に近い速度で肉迫する。たちまち呪魔が前脚を横薙ぎにしたり、尻尾を振るったりしたが、意にも介さない。

イシュトは悠然と呪魔の正面に立ちはだかると、わざと無意味な攻撃を繰り返した。

と、そんなイシュトを鬱陶しいと感じたのだろう、呪魔は猛然と前脚をひと薙ぎすると、イシュトの胴体を握りしめたのである。

あっという間に、イシュトの身体は持ちあげられてしまった。

「――イシュト⁉」

アイリスが驚愕の相を浮かべた。

ミラブーカ、シギュン、ダムドも愕然として、ただただ事態を見守るばかり。ただしリッカだけは、いまもぐっすりと眠りこけている。

もっとも、この状況はイシュトの計算通りなのであった。

シギュンの耳にしっかり届くよう、イシュトは朗々と声を張りあげた。

「くっ……！　どうやら、呪魔は俺を気に入ったらしいな。こいつは俺を遠くに連れ去って――無理やり結婚するつもりらしいぞ！」

「……？」

アイリスたちは困惑の表情を浮かべた。イシュトの意図をつかみかねたのだろう。

イシュト自身、自分の台詞が棒読みであることは自覚している。元々、芝居をするのは苦手なのだ。

だが――。

まだ純粋無垢（むく）で世間知らずな十歳児、シギュンだけは真に受けてくれたようだ。

「そんなの……だめ！」

突然、シギュンの様子が一変した。

「イシュトを連れ去るだなんて――シギュン、許さない！」

ぶわっ！　と周囲に強烈な闘気をまき散らしたかと思うと、

「ふしゅう……」

と、例の不気味な吐息をついた。

「……呪魔……許すまじ」

その威圧感とは裏腹に、頭は極限まで冷えているようだ。底冷えするような眼差しで、呪魔をじろりと睨（にら）みすえた。

「シギュン・アウルヴァング……これより、呪魔を討伐する」

死神の宣告よろしく冷然と告げるや、シギュンはドスドスと駆けだした。

いままさに、シギュンはレベル13の狂戦士（バーサーカー）として、呪魔に戦いを挑んだのである。

イシュトの作戦は、見事に成功したのだった。

一般的な狂戦士（バーサーカー）とはちがって、シギュンは冷徹無比な暗殺者よろしく、的確な攻撃を連発している。

一見、力任せに戦鎚を振り回しているだけのように見えるが、その実、極めて高度な近接戦闘術を繰り出しているのだ。一目見て、イシュトには理解できた。

「――⁉」

みるみるうちに、呪魔はシギュンの勢いに押されて、後退していく。ついには、神殿の内部に押しこまれた。

その強烈に重たい一撃一撃が、呪魔の全身を防護する闇のフィールドに、ダメージを蓄積させていく。

「予想以上だな……いいぞ、シギュン！　俺を助けろ！」

シギュンの戦いぶりを観察しつつ、イシュトは発破をかけた。

「はっ！」

これがとどめの一撃とばかりに、シギュンは痛烈なフルスイングを決めた。壮絶な破壊音が響き渡ると同時に、ついに闇属性のフィールドが木っ端（こっぱ）みじんに砕け散る。

この時点で、呪魔は神殿のちょうど中央部まで、後退を余儀なくされていた。

「イシュト！　いまだよ！」

アイリスが叫んだときにはもう、イシュトは動いていた。

渾身の力をこめて、呪魔の拘束を脱するや、華麗に多段ジャンプを決める。そのまま頭蓋骨の高さまで移動して――。

「そこだ！」

流星のごとく降下した。

「うおおおおおっ！」

イシュトの拳は見事、頭蓋骨の額に浮かびあがった紋章を粉砕した。

「クァアアアアアアアッ……」

窓ガラスを爪でかきむしるような叫びを洩らしながら、呪魔の気配が徐々に消えていく。

頭蓋骨の紋章が霧散するとともに、あとにはただ、石畳の上に横たわる古竜ヴァイゼンの遺骨だけが遺された。

イシュトが手加減したおかげで、頭蓋骨も無事だった。

もう二度と、この骨が勝手に動き回ることはないだろう。

かくして――

魔女と古竜のエピソードは、静かに幕を閉じたのだった。

EPILOGUE

「ん……寝床が固いな……」

翌朝、イシュトは目覚めると、見慣れない光景に目をひそめたが、すぐに昨夜の一幕を思い出した。

ここはケイオル山の八合目に位置する、ちょっとした洞穴である。入口が東向きのようで、まばゆいばかりの朝陽が射しこんでいた。

「そうだ……手頃な寝場所がなかったから、ここに移動したのだったな」

そう、アイリスが臨時加入したために、天幕は女性陣に譲ったのである。

地面は雨のせいでぬかるんでいたので、そこらへんに寝転がるわけにもいかなかった。やむを得ず、ダムドと二人、この小規模な洞穴で一夜を明かしたのだった。

そのダムドは、いまもイシュトのそばで熟睡している。白髭の豊かな老人だというのに、まるで少年のように無邪気な顔で鼾（いびき）をかいていた。

イシュトは洞穴を抜けだすと、東の空を眺めやった。まだ日の出から間もないようだ。時刻は五時くらいだろうか。

「ふわあ〜。起きるには少々早いが……まあいい。顔でも洗ってくるか」

そういえば、八合目には滝壺があったな……と、イシュトは思い出した。昨日、山を登っている途中で見つけたのである。

早朝の、さわやかな山気を肺いっぱいに吸いこみながら、イシュトは滝壺を目指した。

正規の登山ルートに沿っていけばいいだけなので、迷う必要もない。

早起きの野鳥が盛んにさえずっている。時折、目の前を狐(きつね)や鹿といった獣が横切っては、イシュトの目を楽しませる。昨日の死闘が嘘のような、牧歌的なひとときだった。

のんびりと山道を歩いているうちに、心地よい水音が聞こえてきた。

滝といっても、大瀑布(だいばくふ)と呼びたくなるような大規模なものではない。一条の水流が高みから降り注ぐだけの、可愛らしいものである。滝壺のサイズも池と大差ないし、水深もせいぜい膝のあたりまでである。危険はまったくない。

早速、イシュトは滝壺の淵(ふち)に片膝をついて、顔を洗おうとしたのだが——。

「イシュト？」

突然、可憐な声に耳朶を打たれた。

「——!?」

イシュトはハッとして、顔をあげた。

シギュンが一糸まとわぬ姿で、水浴びをしている。金色の陽射しが、その上半身を余すとこ

ろなく照らしだしていた。

その光景は、幻想的ですらあった。

イシュトはすべてを見た。

抜けるように白い肌。水に濡れて重たげに垂れさがる髪。胸元の豊かな双丘と、淡い桜色の突起。砂時計のようにくびれた腰。可愛らしい臍のくぼみ。そして――。

「ぬおわあああああっ⁉」

元魔王ともあろう男が、これにはびっくり仰天して、手近な岩場に身を潜めた。

心臓がバクバクと高鳴っている。

もし相手が成人女性であったなら、これほど動揺はしなかったはずだ。以前、〈魔王城〉の浴場でアイリスたちに遭遇したときでさえ、堂々と振る舞ったイシュトである。

だが、シギュンはまだ十歳のお子様なのだ。

そう考えると、見てはならないものを見たような気がして……無性にドキドキした。あの艶麗とでも表現すべき肉体ときたら、反則としか思えない。

「すまん！　まさか、こんな早くから水浴びをしていたとは……」

「ん、べつに」

「リッカたちは、どうしている？」

「まだ寝てる。それより、なにしてるの？　かくれんぼ？」

「いや。そういうわけではないのだが……」

「一緒に、水浴びする？」

「なっ⁉」

予想外の申し出に、イシュトはドキリとした。

自分の身体がどれほど魅力的なのか、シギュンはまだ理解していないようだ。

「いや、俺のことは気にするな！　そっ、そうだ！　俺はここで、通りすがりの冒険者や登山客がお前の裸を覗かんよう、見張っていてやる！」

「シギュン、まだ子どもだし……覗きたがる人なんて、いる？」

「少しは自覚を持たんか！」

「じゃあ……イシュトも、覗きたい？」

「ふぁっ⁉」

「イシュトなら……いいよ」

「よくない！　とにかく、俺のことは見張り番だと思って気にするな！　わかったな！」

「ん、感謝」

シギュンは納得すると、水浴びを再開した。

じゃぶじゃぶ……と、無邪気そうな水音が聞こえてくる。

「まったく、育児というのは――クエストよりもはるかに大変だな……」

イシュトは苦笑いをこぼしつつ、ふうっと溜息をついたのだった。


その後、イシュトたちは帰路に就いた。

山を下り、街道に沿って王都を目指し――冒険者ギルド王都支部に帰り着いたときにはもう、午後三時を回っていた。

冒険の途中で起きたことを、すべてエルシィに報告した結果、晴れて任務達成と認められたのである。少額ながらも、報奨金も得た。

しかも、大量のアンデッドを昇天させた上に、呪魔を相手に有効な打撃を連発したシギュンは、レベル・アップが確認された。

レベル4である。

リッカと並んで、初級冒険者の最上位に到達したのだった。

ちなみに、勝手にチーム・イシュトに加わった挙げ句、危険なクエストに関わったアイリスを、ランツェががみがみと叱ったのは、いうまでもない――。

翌日の午後、イシュトたちは意気揚々と〈ダムド工房〉に足を運んだ。

鍛冶師ダムドと交渉するためである。ケイオル山の頂上で酒盛りをしていたとき、たしかにダムドはシギュンに約束した。

――シギュンを……弟子にしてください。

――おう、そんなことか！　かまわねぇよ！

その件について、あらためて話し合おうと思ったのである。

ダムドは工房に入り、工具の手入れをしているところだった。昨日までケイオル山に詰めていたというのに、元気なものである。

「あっ、チーム・イシュトの皆さん！　いらっしゃいませー！」

ユリムも満面の笑みを浮かべて、イシュトたちを出迎えてくれた。

ダムドは応接スペースにイシュトたちを通すなり、

「改めて、礼をいわせてもらうぜ。お前さんたちがいなければ、ヴァイゼンはいまだに屍竜のまま、苦悩をつづけていたことだろう。あいつの分も感謝する」

といって、丁重に頭を下げた。

「気にするな。俺たちにも目的があったからな。それで、だ。シギュンを〈ダムド工房〉に弟子入りさせる件についてなのだが――」

イシュトが本題を切り出すと、しかし、ダムドはふしぎそうに首をひねった。

「は？　その嬢ちゃんをわしの弟子に？　そいつぁ一体、なんの冗談だ？」

「おい、まさか……おぼえていないのか？」

「酔っぱらっていたときになにを口走ったのかは知らんが――わしは弟子を取らない主義でな。これまでも、多くの弟子入り志願者を門前払いにしてきた。いくらお前さんの頼みとはいえ、それだけは聞けねぇなあ」

「なん……だと……!?」

イシュトは唖然とした。一癖も二癖もある老人であることは承知していたが……。

「ふんぬーっ！　信じられないですっ！」

と、ミラブーカが悔しそうに叫んだ。

「お願いです、ダムドさん……どうか、考え直してくださいませんか？」

対照的に、リッカは礼節を保ったまま、懇願の姿勢を示した。

だが、ダムドは意にも介さなかった。

「そもそも、だ。いまさら、こんなロートルに弟子入りしたところで、なんの意味もねぇだろうが。若い連中が、どんどん新しい技術を生み出してる時代じゃねぇか。わしなんて、とっくの昔に忘れ去られた存在なんだよ。なあ、シギュン――お前さんだって、最先端の技術を学んだほうがいいんじゃねぇのか？」

「でも……シギュンが学びたいの、ノーム族の伝統技法で――」

「やめとけやめとけ！　んなもん、このご時世に流行らねぇよ！　手間はかかるわ理解者は少ないわ……いいことなんて一つもねぇぞ！」

ダムドは右手をパタパタと振りながら、断言した。

「むむむ～っ！」

目に涙を浮かべて、ダムドを睨むシギュン。

なにやら、その全身から膨大な闘気があふれつつあることに、イシュトは気づいた。

いやな予感がした。

このままだと、シギュンが狂戦士化（バーサーク）しかねない。

ここで正気を失ったシギュンが暴れ狂ったら、こんなボロ工房など、跡形もなく破壊されてしまうだろう。

そうなったら弟子入りどころの話ではないし、ダムドとユリムから住居を奪ってしまうことになる。

そのときだった。

黙って事態を見守っていたユリムが、ガタンと立ちあがったのだ。

「見損なったよ！　約束を平気で破るようなお祖父ちゃんなんて――大っ嫌いですっ！」

「なっ、ユリム⁉」

イシュトたちを出迎えて以来、飄々（ひょうひょう）とした態度を崩さなかったダムドが、初めて動揺を見せた。とてつもない心理ダメージを負ったようにも見えた。

「くっ……ユリムを味方につけるたぁ、なんて卑怯（ひきょう）な！」

「お、弟子入りを認める気になったか？」

イシュトが期待をこめて問いかけると、

「いいや、まだ約束はできん！　鍛冶の道は修羅の道！　……しかし、だ。チャンスは与えてやる。まずはシギュンをテストしてやろう」

「で、でも……シギュン、未熟だし……」

「未熟なのは当然に決まってらぁ！」

ダムドは一喝した。

「お前さんの本気を見せてみろってんだよ。いまの自分のすべてを、目の前の作品に注ぎこんでみな！　すべてはそれからだ。課題は……そうだな、こいつでどうだ？」

ダムドは机の上に手を伸ばすと、置いてあった鉄塊をつかんだ。

「それは……！」

シギュンはぴたりと硬直した。

「ふっ。気づいたようだな。魔鉄鉱を精錬し、金属成分のみを取り出したものだ。知っての通り、こいつは扱いが難しい。扱いに失敗すれば、ただの鉄塊になってしまう」

「…………」

「幸いにも、シギュンはノームの血を引いているそうじゃねぇか。ノームと魔鉄鉱の相性は抜群だから、もしかしたら魔剣を打てるかもしれねえ。けどな、ただのナマクラしか打てなかった場合は……潔く諦めろ。ここまで譲歩してやったんだ、文句はいわさねぇぞ！」

「――!?」

「どうだ、受けるか？　受けるというのなら、わしの工房を使わせてやる」

いまのダムドは、まさしく「名匠」の顔をしていた。威厳さえ感じさせる。

「どうする、シギュン？」

イシュトは尋ねた。

「ん……他の工房には、断られてばかり。話も聞いてもらえなかった。チャンスをもらえるだけでも、一歩前進――」

シギュンはキッとして、ダムドの目を見据えた。

「シギュン、受ける！」

かくして、シギュンの入門試験が始まったのである。


それから――シギュンは七日七夜にわたり、ダムドの工房にこもった。

このとき、シギュンの胸に灯っていたのは、鍛治師になりたいという情熱の炎。

いや、それだけではない。

最初は、故郷で有名な占い師の言葉を信じこんでいたがゆえに、イシュトこそ自分の伴侶にふさわしいと思いこんだ。

だけど……今回の冒険を通じて、シギュンは確信したのだ。

占いの結果なんて関係なく——。

自分はイシュトに惹かれているのだ、と。

この気持ちが恋なのかどうかは、正直、まだわからない。

だけど、これからもイシュトのそばにいたい。

一緒に冒険したい。

そして、鍛冶師兼冒険者として、イシュトを支えたい。

その気持ちだけは、本当だと断言できる——。

だからこそ、これから自分が打つ魔剣は、イシュトにこそ使ってもらいたい。

できることなら、愛用してもらいたい……。

祈るような想いをこめて、シギュンは作業に没頭した。

ダムドによれば、試験用として与えられた魔鉄鉱は、大型剣を打つことも可能なくらいの分量だったのだが——まだ不慣れなシギュンは、何度かミスを犯してしまい、その大半を劣化させてしまった。

それでも最後まで諦めることなく、残りの素材を徹底的に鍛えあげた結果——。

ついに、一振りの魔剣が仕上がったのである。

「……ふーむ。まだまだ荒削りだし、結局は短剣サイズになっちまったか。素材の大半を無駄にしちまったようだな」

鍛冶師ダムドは早速、仕上がったばかりの魔剣を見てくれたが、いきなり厳しい言葉が飛びだした。

「あう……」

シギュンは肩を落とした。

「とはいえ、その若さで魔剣を打てるたぁ、たいしたもんだ」

「え……?」

シギュンは意外な気分で、ダムドの顔を見た。

「だが、弟子をとる気はねぇよ。これだけは譲れねぇ」

「そんな……」

「お祖父ちゃん！　ヒドいよぅ！　今度こそ、本当に嫌いになっちゃうよ！」

そばにいたユリムも援護してくれたが、ダムドは気難しい表情を崩しはしなかった。

「こら、話は最後まで聞かんか！　過去、何百人もの弟子入り志願者を門前払いした以上、いまさらポリシーを変えるわけにはいかん。わしは生涯、だれとも師弟関係になるつもりはねぇよ！」

「…………」

「だが、まあ……ノーム族の伝統技法を継承したいという、お前さんの気持ちは理解した。わしだって、ノームの里には大恩がある。このままノームの鍛冶師が一人もいなくなっちまうのは、あまりにも残念だ」

「じゃあ……？」

「工房への出入りは許してやる」

「……！」

「わしが若い頃に使っていた工具も貸してやる。それと、わからんことがあれば……まあ、アドバイスくらいなら、してやらんことも——ねぇかもな」

ダムドはぽりぽりと頭をかきながら、照れくさそうに告げた。

「それじゃあ……！」

「やったね、シギュンちゃん！　わたし、同い年のお友達って一人もいなくて……仲良くしてねっ！」

「ん、こちらこそ……よろしく、ユリム」

シギュンはぽろぽろと涙をこぼしながら、ユリムと抱擁を交わしたのだった。

「ああ、それとシギュン。いっておくが……武器や防具を理解するには、装備者の心情も理解する必要がある。そのためには、自分が戦場に立つのが一番だ——こいつはな、わしがノームの里で教わったことでもある。いわば、ノーム流・鍛冶技法の神髄だ」

「ノーム流の、神髄……！」

シギュンは背筋を正した。

「戦闘もまた、一流の鍛冶師になるための修行だと思え」

「元々、そのつもり。鍛冶の修行をしながら、冒険者もつづける」

「よーし。そんなら、今日はホームに帰りな！　この魔剣、イシュトのやつに渡すつもりなんだろうが？」

ダムドの鋭い指摘に、シギュンはポッと頰を染めた。

「肯定……」

シギュンが宿酒場〈魔王城〉に帰ってきたのは、ダムドの工房にこもってから八日目の午前中であった。

「ただいま……」

やきもきしながらシギュンの帰りを待ち受けていたイシュトたちは、期待と不安が入り交じった気持ちで迎え入れた。

「それで、どうだった？」

イシュトが尋ねると、シギュンはもじもじしながら、一振りの短剣を渡してきた。

「まだ下手くそだけど、合格の証。シギュン、〈ダムド工房〉への出入り……許された」

「おおっ！」

「良かったです、シギュンちゃん！」

「いや〜、朗報ですねっ！」

イシュトもリッカもミラブーカも、諸手（もろて）をあげて喜んだ。

「それと……この魔剣は、イシュトに受け取ってほしい」

「いいのか？」

「うん。イシュトのために、打った」

「では、ありがたく受け取ろう——そうだ、素材は魔鉄鉱だといっていたな」

イシュトは胸を躍らせた。

以前、武器屋のカーリンから聞いた話を思い出したのだ。

まずは剣を鞘（さや）から抜いてみる。オーソドックスな形状をした、片刃の短剣である。ただし、刃には複雑な紋様が彫りこまれており、独特な雰囲気を放っている。

問題なのは、イシュトに使えるかどうかだ。そこらへんの武器では、イシュトの魔力に耐えきれず、あっさり砕け散ってしまうのである。

ためしに、軽く魔力をこめてみると——刀身は、びくともしなかった。それどころか、イシュトの魔力を吸収した結果、紋様の部分が発光したのである。

「ははっ！　この世界に来てから、初めて武器を装備することができたぞっ！」

まるで少年のように、イシュトは狂喜乱舞してしまったが――ミラブーカの生温かい視線に気づくと、こほんと咳払いをした。

……さすがに、はしゃぎすぎたようだ。

「そ、そうだシギュン。この魔剣だが、名前はあるのか？」

いまさらながら、イシュトは重大なことを尋ねた。

「ん、ちゃんと考えた」

「おお、ならば教えてくれ」

「名づけて『魔剣スーパー・ウェディング・アニヴァーサリー・ダガー・シギュン・スペシャル』……どう？」

いつになく饒舌に、シギュンはすらすらと武器名を口にしたのだが――。

「ちょっと待て！　そんな武器名があるかっ！」

「結婚記念だなんて……いくらなんでも大胆すぎますよ、シギュンちゃん！」

「そもそも長すぎですよね。武器の名前として、どうなんです？」

イシュトもリッカもミラブーカも、口々にツッコミを入れたのだった。

「でも……これ以外の名前なんて、考えられないし……」

シギュンはもじもじと恥ずかしそうにしながらも、自分の意見を曲げるつもりはなさそうだった。

「いや、しかしだな……冒険者ギルドで新たな装備について報告するときなど、かなり恥ずかしいぞ？」

「う……でもでも……」

涙目になりながら、なおもシギュンが食い下がっていると――。

「ぱんぱかぱーん！」

突然、ミラブーカが浮かれた調子で音頭をとった。

「冒険者イシュトは『魔剣ゼロ』を手に入れた！　はい、決定！　異論も反論も一切受け付けません！　未知のアイテムに名前を付けるのも、道具士の仕事のうちですからね！　道具士の特権を使わせてもらいます！」

「ふむ、魔剣ゼロか。悪くないな。レベル０の俺にぴったりだ」

イシュトは微笑した。

「あうあう。ミラブー、許すまじ……」

ごごごご……と、シギュンの全身から闘気が噴きあがる。

「ちょっ！　そんなことでキレるんですか⁉」

逃げ腰になるミラブーカ。

「押さえてください、シギュンちゃん！　こんなことで狂戦士（バーサーカー）になったらダメですよ！」

一方、リッカはシギュンを抱きしめると、なんとかなだめようと四苦八苦。

そんな様子を、イシュトは苦笑まじりに眺めやった。

リッカ、ミラブーカ、シギュン……問題児ばかりではあるが、和気あいあいとして、思わず頬がゆるんでしまうのは否めない。

百万リオンの借金は返さねばならないし、魔女ダーシャは暗躍しているようだし……気がかりな点もあるにはあるが、いまはただ、この楽しいひとときを大切にしたいと思う。

元・魔王イシュトの冒険は、これからもつづく――。

あとがき

ご無沙汰しております。今年は嫌なモノが流行してしまい、閉塞的な日々を余儀なくされてしまいました。被害に遭われた方々に、お見舞い申し上げます。

この第三巻では、新たな仲間としてシギュンが登場します。例によって一癖も二癖もある女の子です。

総勢四名となったチーム・イシュトが挑む新たなクエスト——その舞台は、山です。

実は初稿を読んだ担当さんから、「ファンタジー世界で○合目という標識表示を使うのはどうか?」という鋭いご指摘をいただき、自分でも調べてみたところ……○合目という標識表示は日本独自のものであり、その由来には諸説あるそうです。

たしかなことは、日本古来の山岳信仰に基づくものであり、決して距離や高度を単純に示すだけの単位ではありません。また、たとえば富士山の標識表示にしても、麓から頂上までの行程を単純に十等分したわけでもないのです。

なので、第○区間などの表現に変更することも考えたのですが、どうも違和感が拭えず……結局、○合目という標識表示を採用することに決めました。将来、登山をテーマにした異世界ファンタジーを投稿しようと考えている方は、ご注意下さい。

　ここで嬉しいお知らせです。本作のコミック版の連載が、いよいよ今秋から開始されます。連載媒体は、前巻のあとがきでお伝えした通り、スクウェア・エニックス社の漫画アプリ「マンガUP！」です。

　コミカライズを担当していただくのは、烏丸佐々（からすまさ さ）先生。少年ガンガン誌（二〇一九年十二月号）で読切『ガリョウ史伝』を発表された新鋭です。お楽しみに！


　それでは、謝辞を。まずは担当のU様。前述の貴重なアドバイスをはじめ、今回も大変お世話になりました。

　遠坂（とおさか）あさぎ様。ご多忙な中、今回も最高のイラストをありがとうございます。志瑞祐（しみずゆう）先生とタッグを組まれた『聖剣学院の魔剣使い』（MF文庫J）も応援しています。

　烏丸佐々先生。コミカライズを引き受けていただき、光栄の至りです。連載が始まる日を楽しみにお待ちしています。

　読者の皆様にも厚く御礼申し上げます。また次巻でお会いしましょう。

ファンレター、作品の
ご感想をお待ちしています

〈あて先〉

〒106－0032
東京都港区六本木2－4－5
SBクリエイティブ（株）
GA文庫編集部 気付

「瑞智士記先生」係
「遠坂あさぎ先生」係

本書に関するご意見・ご感想は
右の QR コードよりお寄せください。

※アクセスの際や登録時に発生する通信費等はご負担ください。

https://ga.sbcr.jp/

レベル0の魔王様、異世界で冒険者を始めます3

古の竜を救うことにしました

発　行　　2020年8月31日　初版第一刷発行

著　者　　瑞智士記

発行人　　小川　淳

発行所　　SBクリエイティブ株式会社

〒106−0032

東京都港区六本木2−4−5

電話　03−5549−1201

03−5549−1167（編集）

装　丁　　AFTERGLOW

印刷・製本　中央精版印刷株式会社

ISBN978-4-8156-0627-5

Printed in Japan

GA文庫

「これ、すっごい魔法じゃんか！」

　駆け出しの冒険者ルシオは魔王を助けたことで彼女の魔法を授かるが、

「今の魔法、こんな破壊力はないはずなのよ！　なにしたのルシオ!?」

　ルシオが使うと、局所攻撃が周囲すべてを圧し潰す重力球になり、武器を強化すると何でも断つレーザーブレードになるなど、魔王も驚愕するほどに威力が大暴走してしまう！　規格外の力でルシオは困難なクエストもクリアし、強い仲間も集まる。幸先のいい冒険者生活が始まったルシオだが、彼の特別な力を狙う凶悪なモンスターも動き出し——!?

「行くぞ、俺は英雄になる男だ！」

　魔王と聖女に導かれ、最強魔法で斬り拓く王道ファンタジー。開幕!!